U0943386

“改革开放与新时代”研究丛书

Wenxue Fazhan
Xin Qixiang

文学发展新气象

李彦姝　著

中国人民大学出版社
·北京·

前　言

从 1978 年党的十一届三中全会召开至今，中国的改革开放事业走过了 40 年的伟大征程。党的十八大以来，中央反复强调，“改革开放是决定当代中国命运的关键一招，也是决定实现‘两个一百年’奋斗目标、实现中华民族伟大复兴的关键一招”①。2018 年 4 月 10 日，国家主席习近平在博鳌亚洲论坛 2018 年年会开幕式发表主旨演讲时指出：“1978 年，在邓小平先生倡导下，以中共十一届三中全会为标志，中国开启了改革开放历史征程。从农村到城市，从试点到推广，从经济体制改革到全面深化改革，40 年众志成城，40 年砥砺奋进，40 年春风化雨，中国人民用双手书写了国家和民族发展的壮丽史诗。”在 40 年的发展过程中，中国人民践行了风雷激荡的伟大变革，奏响了响彻寰宇的激昂壮歌，中国社会的整体面貌发生了翻天覆地的历史性变化，各项社会事业发展取得了骄人的成绩。这其中，文学事业也呈现出生机勃勃、欣欣向荣的崭新气象。

2014 年 10 月 15 日，习近平总书记在文艺工作座谈会上指出：“改革开放以来，我国文艺创作迎来了新的春天，产生了大量脍炙人口的优秀作品。”这是对改革开放 40 年文学发展成就的充分肯定。改革开放赋予文学发展巨大动能，没有改革开放，就没有新时期以来文学事业的蓬勃发展，

① 习近平．习近平谈治国理政．北京：外文出版社，2014：71.

就没有一代代作家的大胆创新与勤奋耕耘，就没有一座座文学高原与高峰的巍然耸立。

“文变染乎世情，兴废系乎时序。”文学是时代精神和社会风貌最生动最直接的反映，这 40 年来蓬勃发展的文学事业，不仅是改革开放累累硕果的具体体现，是中国人民全新精神文化风貌的直接映射，也是全面建设小康社会征程上的重要见证。文学兴则文化兴，文化兴则国运兴。文化自信是更基本、更深沉、更持久的力量，而文学则是文化事业最重要的组成部分之一，是最鲜活生动的文化载体之一。只有继续繁荣发展文学事业，才能使全体中国人民更加坚定文化自信，才能使国家文化软实力得到不断增强，从而为全面实现中华民族伟大复兴的中国梦添砖加瓦。

今天，我们站在中国特色社会主义进入新时代这一历史方位上，我们昂首阔步走在全面深化改革的新征程上，回首 40 年来中国文学发展的总体历程和阶段性特征，总结 40 年来中国文学事业所取得的辉煌成就及宝贵经验，展望中国文学未来发展的总体目标和基本路向，具有十分重要的历史意义与时代意义。

目　录

第一章　开启与勃兴：新时期文学发展综论

1978 年 12 月召开的党的十一届三中全会，开启了改革开放伟大事业的新征程。当我们谈论改革开放 40 年文学发展的起点时，自然要回到 20 世纪 70 年代末党的十一届三中全会召开前后的历史语境中。1976 年 10 月"四人帮"被拘捕，1977 年 8 月中国共产党第十一次全国代表大会在北京召开，宣布历时 10 年的"文化大革命"以粉碎"四人帮"为标志而结束，这次会议把"文革"结束后的中国社会，称为社会主义革命和建设的"新时期"。[①] 1978 年 2 月底，在第五届全国人民代表大会第一次会议上华国锋所做的《政府工作报告》中明确了新时期的总任务，就是要坚决贯彻执行党的十一大路线，坚持无产阶级专政下的继续革命，深入开展阶级斗争、生产斗争和科学实验三大革命运动，在本世纪内把我国建设成为农业、工业、国防和科学技术现代化的伟大的社会主义强国。同年 5 月 11 日《光明日报》发表的本报特约评论员文章《实践是检验真理的唯一标准》再次强调"新时期"的来临及其意义。

"新时期"这一时间概念的提出具有重要的历史意义与时代意义，标志着与"文革"时期那种"旧"的社会阶段及政治秩序划清界限。"新时

① 洪子诚. 中国当代文学史（修订版）. 北京：北京大学出版社，2007：185.

期”这一时间概念很快就在文学界得到积极响应，在 1979 年 10 月召开的中国文学艺术工作者第四次全国代表大会（以下简称第四次文代会）上，文联主席周扬做了题为《继往开来，繁荣社会主义新时期的文艺》的报告。这就是中国当代文学史上“新时期文学”这一命名的由来。可见，新时期文学的起点与改革开放的起点基本重合。

当代著名诗人艾青用诗篇《窗外的争吵》记录了“新时期”来临的转折性时刻：

昨天晚上/我听见两个声音——

春天：大家都在咒骂你/整天为你在发愁/谁也不会喜欢你/你让大家吃苦头

冬天：我还留恋这地方/你来得不是时候/我还想打扫打扫/什么也不给你留

春天：你真是冷酷无情/闹得什么也没有/难道糟蹋得还少/难道摧毁得不够

冬天：我也有我的尊严/我讨厌嬉皮笑脸/看你把我怎么办/我就是不愿意走

春天：别以为大家怕你/到时候你就得走/你不走大家轰你/谁也没办法挽留/用不到公民投票/用不到民意测验/用不到开会表决/用不到通过举手/去问开化的大地/去问解冻的河流/去问南来的燕子/去问轻柔的杨柳/地里种子要发芽/枝头骨朵要吐秀/万物都频频点头/异口同声劝你走/你要是赖着不走/用拖拉机拉你走/用推土机推你走/敲锣打鼓送你走

这首诗写于 1980 年春节辞旧迎新之际，诗歌表面是以拟人的修辞书写“春天”与“冬天”之间关于“谁去谁留”问题的争吵；从深层次看则是写在中华大地新旧时代博弈的转折性历史时刻，冬天的萎靡不振象征着“文革”大势已去，而春天的信心饱满则象征着“新时期”的来临已经势不可当。

“新时期”之“新”，在时间坐标上与刚刚过去的“文革”十年截然区分，在内涵上则表达了革旧图新、万象更新的美好期冀。从广义上说，

“新时期”酝酿于1977年底“文革”结束之时，以拨乱反正作为先声，以思想解放作为旗帜，以改革开放作为标志性事件，是一个循序渐进的历史过程。随着宿冰解冻、万物复苏的时代氛围在全社会蔓延开来，文学事业的春天也随之来临，并一直延续至今。随着时代推移，后来中国当代文学史上又有了“后新时期文学”“新世纪文学”“新时代文学”等命名，这些命名既是出于方便研究者论述的考量，又表达了文学史家及研究者试图以断代方式揭示文学发展不同阶段的规律与道路的愿望。

为了更清晰地梳理改革开放40年文学发展的阶段性特征，也为了更好地辨析20世纪80年代与90年代以后中国社会整体发展趋势（包括文学发展状况）的显著区别，本书论述过程中将“新时期文学”的下限放在80年代末，而将90年代的文学统称“后新时期文学”，将2000年以来的文学统称“新世纪文学”，这种分期也与当下多数中国当代文学史著作基本保持一致。如上所言，这种命名背后既有历史时间的规定性的考量，也夹带着内涵方面的梳理和考辨。

一、拨乱反正

改革开放的伟大征程以党的十一届三中全会为起点，但改革开放并非横空出世，而是经历了充分的准备和酝酿阶段。自1976年10月“文革”宣告结束至1978年12月党的十一届三中全会召开的这两年多时间，是中国文学界全面摆脱“文革”错误思潮笼罩的关键历史时期，社会各界的拨乱反正工作是改革开放伟大事业不可或缺的先声和序曲。没有经历过“文革”十年，人们就不会真正意识到改革开放事业的伟大；没有经历过“文革”结束期与过渡期的徘徊摸索、拨乱反正，也就没有新时期文学黄金时代的到来。因此，我们在讨论新时期文学发展状况的时候，必须先厘清1976年末至1978年末这段新时期文学孕育期和萌芽期的基本面貌，以期更完整、全面地关照新时期文学发展的背景和渊源。

“文革”结束后文学界的拨乱反正主要体现在批判“文艺黑线专政”论、文艺主管机构恢复工作及其所属报刊复刊或创办、纠正文学界“冤假错案”等方面。

第一，批判“文艺黑线专政”论，肃清“文革”期间错误文艺思想流毒。文艺界的拨乱反正是从1977年批判“文艺黑线专政”论开始的。什么是“文艺黑线专政”论？它又是如何被炮制出来的呢？1966年1月21日，江青从上海赶到苏州，以“文艺革命”为题目，同林彪合谋来批判所谓“文艺黑线”。2月2日至20日，江青在上海受林彪委托主持召开部队文艺工作座谈会。4月14日，《林彪同志委托江青同志召开的部队文艺工作座谈会纪要》（简称《纪要》）正式出炉。《纪要》提出了“黑线专政”论，指出：“文艺界在建国以来……被一条与毛主席思想相对立的反党反社会主义的黑线专了我们的政，这条黑线就是资产阶级的文艺思想、现代修正主义的文艺思想和所谓三十年代文艺的结合。”“在这股资产阶级、现代修正主义文艺思想逆境的影响或控制下，十几年来，真正歌颂工农兵的英雄人物，为工农兵服务的好的或者基本上好的作品也有，但是不多；不少是中间状态的作品；还有一批是反党反社会主义的毒草。我们一定要根据党中央的指示，坚决进行一场文化战线上的社会主义大革命，彻底搞掉这条黑线。搞掉这条黑线之后，还会有将来的黑线，还得再斗争。所以，这是一场艰巨、复杂、长期的斗争，要经过几十年甚至几百年的努力。”《纪要》批判了文艺界的所谓“黑八论”，即“写真实”论、“现实主义广阔的道路”论、“现实主义的深化”论、“时代精神汇合”论、“离经叛道”论、反“题材决定”论、“中间人物”论和反“火药味”论，从而全面否定了新中国成立以来我们党领导的文艺事业所取得的成就。《纪要》的炮制，标志着林彪和江青勾结起来利用“文革”大搞反革命破坏活动的开始，在文学界造成了十分恶劣的影响。①

批判“文艺黑线专政”论成为“文革”结束后文艺界拨乱反正的当务之急和重要任务。第一次对“文艺黑线专政”论进行集中批判的，是1977

---

① 部队文艺工作座谈会（1966年2月2—20日）. http://dangshi.people.com.cn/GB/151935/176588/176596/10556225.html.

年 11 月 21 日由《人民日报》编辑部组织召开的文艺界人士座谈会，参加座谈会的有茅盾、冰心、刘白羽、张光年、贺敬之等。11 月 25 日《人民日报》第一版刊登了《坚决推倒、彻底批判“文艺黑线专政”论——本报编辑部邀请文艺界人士举行座谈会》的报道，“编者按”介绍了“黑线专政”论的由来、危害，正文介绍了与会文艺界人士对“黑线专政”论的批判。11 月 28 日，《人民文学》编辑部召开由 100 多位文学界人士参加的批判“黑线专政”论的座谈会。类似主题的座谈会相继召开，批判文章也陆续发表，其中张光年在 1977 年 12 月 7 日《人民日报》发表的《驳“文艺黑线专政”论——从所谓“文艺黑线”的“黑八论”谈起》是系统批判“文艺黑线专政”论的文章。张光年在文章中指出：“‘文艺黑线专政’论，必须彻底清算。……一定要把林彪和‘四人帮’长期颠倒的路线是非、思想是非、理论是非再颠倒过来，使毛主席的革命路线和革命文艺路线得以全面地准确地贯彻执行。”通过上述座谈会及批判文章的内容可以看出，“文艺黑线专政”论统治中国文艺界十余年的局面被打破了，长期压在广大文艺工作者头上的精神枷锁被解除了。这无疑充分表达了文学界摆脱极左思潮控制的迫切愿望，也传递了文学界正本清源、解放思想的呼声。

第二，文艺主管机构恢复工作及其所属报刊复刊或创办。机构调整和创建主要表现为一批在“文革”中被打压的文艺主管部门工作职能得到恢复，一些适应新时期文学发展要求的新机构在 70 年代末 80 年代初得以创设。1977 年 10 月，中共中央发出第 43 号文件，决定恢复中宣部，规定中宣部的主要职责是在党中央的领导下，掌管新闻、出版的方针政策。中宣部的恢复，是意识形态领域拨乱反正的成果之一，也是文艺界春天即将到来的重要信号之一。1978 年 5 月 27 日至 6 月 5 日，中国文联第三届全国委员会第三次（扩大）会议在京召开。经中共中央批准，会议宣布在“文革”期间一度停止活动的中国文联、中国作协等文艺团体正式恢复工作。1982 年 5 月 26 日，中央书记处批准，恢复中国作协原体制，确定中国作家协会是一个全国性的专业团体，同中华全国总工会、共青团中央、全国妇联、全国文联是同级单位。

中国作协下属的中国现代文学馆的建立也是新时期文坛的一件大事。中国现代文学馆的建立与文学泰斗巴金先生的倡议密不可分。巴金先生是一位纯粹的现代作家，他在晚年时意识到自己有将一个时代的印记传承下去的责任。1981 年 2 月 14 日，巴金先生在为香港《文汇报》写的《创作回忆录》之十一《关于"寒夜"》和《创作回忆录·后记》中最早建议建立中国现代文学馆。这一建议于 1981 年 3 月 12 日在《人民日报》正式刊载，立即在国内外引起强烈反响。同年 4 月 20 日，中国作协主席团扩大会议讨论通过，决定筹建中国现代文学馆，并报中央批准。在多方的积极筹备和共同努力下，1985 年 1 月 5 日在中国作协第四次会员代表大会上，中国现代文学馆正式宣告成立，杨犁任文学馆第一任馆长。同年 3 月 26 日举行隆重的开馆典礼。① 它成为中国第一座、也是目前世界最大的文学博物馆。自此，中国现代文学馆在搜集、收藏、整理、研究、展示中国现当代作家作品方面一直发挥着重要作用，它是现当代文学研究的阵地，具有重大的历史意义和时代意义。

随着上述单位和部门的恢复或新建，一批曾由这些部门主管（主办）、在"文革"中停办的报纸杂志得以复刊，比较有代表性的是《人民文学》《文艺报》《收获》等。这些报纸杂志的复刊为新时期文学作品、文艺理论、文学批评文章的发表提供了平台，它们在摸索中积极寻找新的定位，调整办刊（报）宗旨和思路，为新时期文学的创新和繁荣奠定了坚实的基础。

《人民文学》于 1949 年 10 月 25 日创刊，是国家最高级别的文学刊物之一，发表各种体裁的文学作品，至 1966 年 5 月 12 日（5 月号）出刊 198 期。1966 年 6 月至 1975 年 12 月停刊。1976 年 1 月 20 日《人民文学》重现文坛，目录标明"总第一期"，虽标注为"创办"，实为复刊。复刊后刊物逐步摆脱极左思潮的笼罩，对作者队伍进行了重大调整，一些在"文革"中受压制的"人民作家"重新活跃起来，还有一些颇具潜质的文学新人在刊物崭露头角，而工农兵作者和集体写作班子不再成为作者队伍的主体。刊载作品也展现出全新的风貌，摆脱颂歌文学、帮派

---

① 创建初始（万寿寺）. http://www.wxg.org.cn/cjcs.jhtml.

文学、工具文学等的桎梏，真正深入新时期的社会生活，积极反映人民的心声与诉求。作家走出平面化、机械化的思维模式，以直面现实的智慧与勇气，对社会、政治、历史的种种现象及问题进行反思和剖析，刘心武的小说《班主任》（刊于1977年第11期）便是这种文坛新气象的代表。

《文艺报》的创办、停刊、复刊的时间与《人民文学》基本吻合，创办于1949年9月25日，1966年7月停刊，1978年7月复刊。《文艺报》最初是综合性的文学艺术评论杂志，由中国作家协会主办后，内容上偏重于文学活动的报道和文学评论文章；改版为报纸后，辟有《新收获》《作家论》《文学新人》《争鸣录》《世界文坛漫步》等栏目，成为以文学为主、兼顾艺术的专业报纸。《文艺报》复刊号指出，要彻底粉碎“四人帮”设置的重重精神枷锁，完全解放文学艺术的生产力，为繁荣社会主义的文艺创作而斗争，并把促进社会主义文艺创作的繁荣，大力支持各种题材、各种体裁、各种风格的社会主义香花，作为其光荣任务。

大型文学刊物《收获》于1979年第1期推出复刊号，标志着刊物经历了60年代初及“文革”时期的两次停刊后，重新正式回归文坛。《收获》复刊后，在主编巴金的领导下，迅速成为新时期最有影响力的文学刊物。在80年代，《收获》刊发的多部作品荣获国内各种奖项，并且在广大读者中引起强烈反响。

一方面，原先停办的老牌报刊重现活力，另一方面很多新的报刊应运而生。《文学报》1981年4月在上海创刊，是改革开放后非常有影响力的文学类专业报纸。它的不断壮大，使得北有《文艺报》、南有《文学报》的遥相呼应局面得以形成。两报保持着差异化的风格，形成互补关系。《文艺报》历史悠久，数次参与到党和国家的重大政治事件中，在主流意识形态和文化思想战线领域颇具领导权和影响力，是发布、响应、阐释党和国家重大文艺方针政策的权威平台。相比而言，《文学报》的创办时代、创办地点等决定了它更灵活、更新颖、更大胆的风格。《文学报》是改革开放时代的产物，条条框框的束缚相对较少；上海文化氛围更为开放多元，这也决定了《文学报》更有条件开辟出一片别样的天地。此外，《当代》《十月》《中国作家》《钟山》《花城》等原创文学期刊，以及《小说月报》《小说选刊》《诗选刊》等文学选刊也相继创办，文学创作及评论发表的平台已经在全国各地陆续搭建起来。

第三，纠正冤假错案，恢复作家名誉。很多在“文革”中受到迫害的作家名誉的恢复，间接促进了风清气正的文学生态的生成。1978 年 12 月 23 日《人民日报》发表评论员文章《加快为受迫害的作家和作品平反的步伐》，文章指出：“各级领导，在为受迫害的作者和作品平反的工作中，都不应当狐疑不定，顾虑重重，口将言而嗫嚅，足欲前而趑趄了，要把胆子放大一点，步子加快一点。凡是错案、假案、冤案，都要实事求是地坚决平反，彻底平反，迅速平反，要快刀斩乱麻，有错必纠。”在这一年，有关部门为老舍、赵树理等知名作家举行隆重的骨灰安放仪式，党和国家领导人以各种形式表达对这些作家的缅怀之情。

在一系列纠正冤假错案的过程中，长篇小说《刘志丹》的平反很有代表性。《刘志丹》由李建彤创作于 20 世纪 60 年代前后，描写陕北、陕甘革命根据地和中国工农红军第二十六军的创建者之一刘志丹的革命传奇生涯。小说未经正式出版就引发了轩然大波，康生罗织了“小说反党”的罪名，煽动对《刘志丹》进行批判，其间波及一大批党内外高层领导及文艺界人士。粉碎“四人帮”后，在大量调查研究的基础上，1979 年 8 月 4 日，中组部向中央递交了《关于为小说〈刘志丹〉平反的报告》。报告认为：“《刘志丹》不是反党小说，所谓利用写小说《刘志丹》进行反党活动一案，是康生制造的一大错案。中央决定，为小说《刘志丹》平反，因此案受到诬陷的习仲勋等同志一律平反昭雪。”① 小说于 1979 年由工人出版社出版，《刘志丹》的重见天日洗清了多年的文字沉冤，向文坛释放出强烈的拨乱反正信号。诸多冤假错案得到纠正，诸多作家作品恢复名誉，一个全新的创作时代已经拉开大幕。

---

① 1979 年 8 月 4 日 中共中央批准《刘志丹》平反.（2009-08-03）. http://www.china.com.cn/aboutchina/txt/2009—08/03/content_18255629.htm.

二、解放思想

20 世纪 70 年代后期文艺领域的拨乱反正是中国社会拨乱反正的缩影，为中国共产党领导新时期的文艺工作扫清了障碍，奠定了新的思想基础和实践基础，极大地促进了包括文艺界人士在内的全体中国人民走出极左思潮阴影，投入解放思想、除旧布新、改革开放的新的事业之中。文艺界的解放思想不是一句空话，它需要文艺理论及创作实践的强有力支撑。思想的解放以理论的解放为根基，理论的解放则以海纳百川的吸收借鉴、传承创新为基础。新时期的理论解放，既表现在马克思主义文艺理论中国化的不断推进以及对毛泽东文艺思想的继承和创新上，又表现在对古今中外其他各类文艺思想资源的大胆吸收和积极借鉴，以及各种文艺思想之间的融会贯通上。

新时期党的文艺方针政策是以马克思列宁主义、毛泽东思想为指导，结合中国具体国情和新中国文艺发展的基本经验制定出来的，主要体现为邓小平关于中国特色社会主义文艺的相关论述。

邓小平关于中国特色社会主义文艺的相关论述在新时期之初召开的文代会、作代会中得以彰显。1979 年 10 月 30 日至 11 月 16 日，第四次文代会召开，这次大会是粉碎“四人帮”后文艺界召开的第一次全国代表大会。邓小平、叶剑英、李先念等出席会议，中共中央副主席、国务院副总理邓小平代表党中央、国务院向大会致祝词。在祝词中，他批驳了林彪、“四人帮”把“文革”前 17 年的文艺战线说成是所谓“黑线专政”的诬蔑，提出了新时期文艺工作的任务、方针和原则，提出了“文艺为最广大的人民群众，首先为工农兵服务的方向”①。

对社会主义新时期文艺发展的任务，邓小平指出：“我们的社会主义文艺，要通过有血有肉、生动感人的艺术形象，真实地反映丰富的社会生

① 中共中央文献研究室．邓小平年谱（一九七五——一九九七）：上．北京：中央文献出版社，2004：573.

活，反映人们在各种社会关系中的本质，表现时代前进的要求和历史发展的趋势，并且努力用社会主义思想教育人民，给他们以积极进取、奋发图强的精神。”①

对社会主义新时期文艺发展的方针，邓小平指出：“我们要继续坚持毛泽东同志提出的文艺为最广大的人民群众、首先为工农兵服务的方向，坚持百花齐放、推陈出新、洋为中用、古为今用的方针，在艺术创作上提倡不同形式和风格的自由发展，在艺术理论上提倡不同观点和学派的自由讨论。”②

邓小平继承了毛泽东《在延安文艺座谈会上的讲话》的精神，指明了社会主义新时期文艺的目标宗旨、服务对象、基本方针等，意味着党的文艺政策已由“文革”期间的封闭独断转变为开放包容。他还对文艺工作者的创作提出了更高的要求：“对人民负责的文艺工作者，要始终不渝地面向广大群众，在艺术上精益求精，力戒粗制滥造，认真严肃地考虑自己作品的社会效果，力求把最好的精神食粮贡献给人民。”③ 要求文艺工作者不仅要弄清“为什么人”的问题，还要以一种极端负责的态度关注作品的艺术水准和思想深度，将真正精益求精的作品呈现给人民。

邓小平还就党如何对文艺工作进行领导的问题进行了阐述：“党对文艺工作的领导，不是发号施令，不是要求文学艺术从属于临时的、具体的、直接的政治任务，而是根据文学艺术的特征和发展规律，帮助文艺工作者获得条件来不断繁荣文学艺术事业，提高文学艺术水平，创作出无愧于我们伟大人民、伟大时代的优秀的文学艺术作品和表演艺术成果。……文艺这种复杂的精神劳动，非常需要文艺家发挥个人的创造精神。写什么和怎样写，只能由文艺家在艺术实践中去探索和逐步求得解决。在这方面，不要横加干涉。”④

邓小平显然从“文革”时期文艺工作的某些失误中吸取了经验教训。他肯定了尊重文艺自身内在发展规律的必要性，肯定了文艺家发挥主观能

---

①② 邓小平．邓小平文选：第2卷．北京：人民出版社，1994：210.

③ 同①211.

④ 同①213.

动性的重要性。从邓小平的表述中可以看出，党对文艺工作的领导已经跨越“发号施令”“横加干涉”的简单粗暴阶段，僵化的“工具论”“庸俗社会学”思维也开始得到扭转。邓小平关于中国特色社会主义文艺的相关论述表明，文艺的社会学功能并没有消失，文艺为社会主义服务、为人民服务的目标宗旨并没有改变，但是文艺事业要想真正推陈出新、发展壮大，就不能仅仅为附庸于政治而存在，不能仅仅定位于充当政治话语的传声筒；而是必须首先遵照文艺自身发展规律，寻求独立存在和发展的空间。相应的，党对文艺工作的领导也开始转向以尊重规律、实事求是为基础的正面的、柔性的引导。总的来说，邓小平的这篇祝词对新时期文艺界的思想解放、文艺工作的繁荣发展、文艺工作者队伍稳步壮大起到了至关重要的推动作用。

第四次文代会还改选了领导机构，选举茅盾为中国文联名誉主席，周扬为主席。周扬在《继往开来，繁荣社会主义新时期的文艺》的报告中指出：“这次会议，在我国社会主义文艺发展的历史上将具有特殊的重要意义。它标志着林彪、‘四人帮’实行封建法西斯专政、毁灭文艺的黑暗年代已经永远结束了，社会主义文学艺术新繁荣的时期已经开始。”报告正文分为三个部分：艰巨的斗争历程、新时期光荣任务、文联和各协会的职责。第一部分“艰巨的斗争历程”篇幅最长，既回顾了社会主义文艺走过的曲折道路，也总结了社会主义文艺取得的巨大成就及深刻教训。他认为最值得记取的经验教训有三条，即要正确处理三个关系——文艺与政治的关系、文艺与人民的关系、文艺上继承传统和革新的关系。这三个关系处理得正确与否，直接关系到社会主义文艺的成败兴衰。在这三个关系中，文艺与人民的关系是最基本的、起决定作用的。文艺与政治的关系，从根本上说，也就是文艺与人民的关系。第二部分“新时期光荣任务”，着重指出解放思想仍是当前文艺战线的重要任务，而要解放思想，就必须坚定不移地贯彻执行百花齐放、百家争鸣的方针。第三部分“文联和各协会的职责”对文联和各协会的工作提出新要求、部署新任务。①

1980 年 1 月 16 日，邓小平在《目前的形势和任务》一文中接续文代

① 周扬. 周扬文论选. 北京：人民文学出版社，2009：489，503，505，509，510.

会上的讲话精神，进一步强调社会主义文艺工作的路线、方针、政策："文艺界刚开了文代会，我们讲，对写什么，怎么写，不要横加干涉，这就加重了文艺工作者的责任和对自己工作的要求。我们坚持'双百'方针和'三不主义'，不继续提文艺从属于政治这样的口号，因为这个口号容易成为对文艺横加干涉的理论根据，长期的实践证明它对文艺的发展利少害多。但是，这当然不是说文艺可以脱离政治。文艺是不可能脱离政治的。任何进步的、革命的文艺工作者都不能不考虑作品的社会影响，不能不考虑人民的利益、国家的利益、党的利益。培养社会主义新人就是政治。"①

1980 年 7 月 26 日《人民日报》发表社论《文艺为人民服务、为社会主义服务》，社论重申了党中央提出的文艺工作的"二为"方针，正式提出应当以"文艺为人民服务、为社会主义服务"的口号代替"文艺为政治服务"的口号。社论指出："为人民服务、为社会主义服务，这个口号概括了文艺工作的总任务和根本目的，它包括了为政治服务，但比孤立地提为政治服务更全面，更科学。它不仅能更完整地反映社会主义时代对文艺的历史要求，而且更符合文艺规律。我们希望各级党委严格地执行党的统一的文艺方针政策，坚定不移地贯彻文艺为人民服务、为社会主义服务这个方向。"

1982 年 6 月 25 日，胡乔木在中国文联四届二次全委会招待会上发表题为《关于文艺与政治关系的几点意见》的讲话，讲话是对邓小平关于中国特色社会主义文艺的相关论述的深入阐发。他谈到的一些问题在新时期文艺界思想解放的背景下很有启发意义。比如，他深入分析了中央不再用"文艺为政治服务""文艺从属于政治"这些提法，而改用"文艺为人民服务、为社会主义服务"提法的原因。他指出："文学艺术是一种社会文化现象，党需要对这种社会文化现象的发展方向进行正确的领导，但是，文学艺术方面的许多事情，不是在党的直接指挥下，经过党的组织就能够完成的，而是要通过国家和社会的有关组织、党和党外群众的合作才能进行的。而且，有许多与文学艺术发展方向关系不大的事情，党没有必要也没

① 邓小平. 邓小平文选：第 2 卷. 北京：人民出版社，1994：255-256.

有可能去干预。因此，不能把文学艺术这种广泛的社会文化现象纳入党所独占的范围，把它说成是党的附属物，是党的‘齿轮和螺丝钉’。”①

他进而对“文学的党性”问题进行了辨析：“当我们说，党要求在作品中努力表现无产阶级的阶级立场和政治立场的时候，我们必须记住，这是对党员的有倾向性的文艺创作而言的，不必要也不应该成为对所有的文艺作品的要求；如果那样要求，我们就把问题简单化了，我们的文学观就太狭窄了。”②

他还提出了党内及党外作家尊重文艺创作自身规律的重要性：“我们还必须记住，这种倾向性，如恩格斯所指出的，‘要从场面和情节中自然而然地流露出来’，就是说，要通过深刻反映社会生活本身的规律，通过严格遵循艺术创作本身的规律来表现，而不应该违背生活、违背艺术的规律，从外面加进来，硬塞给读者。对于共产党员文学家，党也是这样要求，因为艺术规律是客观的，违背艺术规律，不从生活出发而从政治概念出发去创作必定不会是成功的，不管你是不是共产党员。”③

胡乔木以上几点表述，是对1979年邓小平第四次文代会讲话内容的有力补充和深入阐释，深刻而辩证地澄清了政治与文艺、党与文艺的关系，反映了新时期党的文艺思想解放、文艺方针全面推陈出新的大好局面。

具体来看，以下一些重要事件可以看作新时期文艺领域思想解放、理论解放的标志性事件，具有里程碑意义。

第一，1978年“真理标准大讨论”在文学界引发热议。1978年5月11日《光明日报》特约评论员文章《实践是检验真理的唯一标准》批驳了“两个凡是”的错误观点，为十一届三中全会的召开和改革开放国策的施行提供了思想上的保障。十一届三中全会高度评价了关于“实践是检验真理的唯一标准”问题的讨论，认为这对促进全党和全国人民解放思想、端正思想路线，具有深远的历史意义。

“真理标准大讨论”对包括文学界在内的整个思想理论界都产生了巨大震动，文学界以此次大讨论为契机，举办了一系列有影响力的活动。茅

---

① 胡乔木．胡乔木文集：第2卷．北京：人民出版社，2012：555-556．

②③ 同①559．

盾 1978 年 10 月 20 日发表文章《作家如何理解实践是检验真理的唯一标准》，他指出身为作家，既要培养正确的世界观，也要深入实践，在实践中不断检验自己的认识："一个作家有了无产阶级的世界观而不深入生活，是写不出作品来的；同样，一个作家光有革命热情，领受了政治任务，甚至有了重大的主题，但不深入社会实践，也一定写不出好的作品来。"① 同年 10 月 20 日至 25 日，《人民文学》《诗刊》《文艺报》联合召开编委会联席会议。中国作协党组书记、书记处书记张光年主持会议，刘白羽、魏巍、冰心、唐弢、草明、柯岩、李季、冯至、荒煤、臧克家、李瑛、袁鹰、林默涵、罗荪、韦君宜、赵寻等作家、学者、编辑先后发言，他们结合自身的背景、经历以及所从事的具体工作，本着从实践出发的基本原则，以坦率、果敢、敏锐的态度，对"文革"期间文艺界的经验教训进行回顾和反思，对处于新旧转折期的文坛状况进行了深入剖析和总结归纳，对日后的文学发展道路和方向进行了设想和展望，表现出文艺界人士解放思想、实事求是的坚定立场。这次会议，是粉碎"四人帮"后三家报刊联合召开的第一次编委会，会议召开的本身就具有思想解放的标志性意义。会议中发言的编委认为"真理标准大讨论"抓住了揭批"四人帮"的要害。以当下的视角来看，这次会议中的某些发言存在一定的历史局限性，但是结合其时代背景，就会发现发言中的很多观点以及所提出的一些亟待解决的问题在当时是切中肯綮的。比如呼吁为受迫害的作家和被打成"毒草"的作品平反，揭批"四人帮"捏造的"文艺黑线专政"论和"文艺黑线"论，重估 20 世纪 30 年代文艺和"十七年"文艺的历史功过，恢复毛泽东革命文艺路线的指导地位，为以"伤痕文学"为开端的新时期文学扫清思想障碍，提倡作家以实践为指导深入生活，等等。总的来说，在这次编委会上文艺界知名人士总结了历史经验和教训，推动了文艺界的思想解放，为新时期文学的发展方向定下了基调。②

第二，文艺创作及理论界几次大讨论的展开。新时期以来，在思想解

---

① 马小敏. 中国当代文学史料丛书·公共性文学史料卷. 杭州：浙江大学出版社，2016：336.

② 刘锡诚. 文艺界真理标准大讨论：忆《人民文学》、《诗刊》和《文艺报》编委会联席会议. 南方文坛. 1999 (1).

放的社会整体氛围中，在“双百”方针的指引下，文艺界形成了浓厚的讨论、争鸣、商榷氛围，与“文革”时期压抑沉寂的氛围形成鲜明对比。影响较大的讨论有围绕《“歌德”与“缺德”》一文的论争，美学大讨论以及关于“新诗潮”“人道主义”“主体性”等问题的辩论。

《河北文艺》1979 年第 6 期发表了青年学者李剑的文艺杂谈《“歌德”与“缺德”》。文章主要观点是：“在阶级社会中，只有阶级的作家，没有超阶级的所谓‘田园诗人’……如果人民的作家不为人民大‘歌’其‘德’，那么，要这些人又有何用？……那种不‘歌德’的人，倒是有点‘缺德’。”这篇文章具有弘扬主流意识形态的积极意义，“文学为以工农兵为代表的人民服务”这一出发点是正确的，提倡文学发挥“歌颂社会主义”“歌颂四化”“歌颂英雄”的社会学功能也无可厚非；可是文章缺乏辩证唯物主义的全局视野和实事求是的客观态度，固守非此即彼的僵化思维模式，一些具体观点有失偏颇，口气也过于武断，存有“工具论”思想的残余。此外，文章将作家所选择和驾驭的艺术题材与作家人格直接“捆绑”，混为一谈，不免有对作家进行人身攻击与道德绑架的嫌疑。文学题材应多样化而非囿于一隅，是“双百”方针的题中应有之义，也是思想解放的具体体现。随后，《人民日报》《光明日报》《红旗》等报刊相继发表了一系列文章对《“歌德”与“缺德”》一文进行批驳。在这场争论中，也有人对李剑的观点予以支持，宣称文艺界的思想解放已经引起了思想混乱。时任中宣部部长的胡耀邦得知情况后，按照不扣帽子、不打棍子、不揪辫子的原则，指示中宣部于 1979 年 9 月 4 日至 7 日召开小型座谈会，专门讨论这篇文章的得失。他亲自到会谈了自己的看法，他说：“李剑同志是个好青年，写了这篇有错误、有缺点的东西，我们不要过分地追究。”还指出：“对文艺上的争论问题，我们都要用同志式的、平心静气的方法来交谈、讨论，弄清思想，团结同志，促进文学艺术的繁荣。”胡耀邦对事件的介入和表态使这场争论平息下来。

新时期之初，随着创作领域伤痕文学、反思文学的涌现，政界及学界开始介入对“人道主义与异化”问题的讨论，这一讨论颇具理论争鸣色彩，引发了广泛关注。“人道主义与异化”问题可以拿出来在学界公开讨论，这一事件本身即有里程碑意义。因为此前相当长一段时间这个话题都是一个理论禁区。“人道主义与异化”总的来说是一个马克思主义哲学领域内的问题，但对文艺理论界及创作界也产生了很大影响。这次讨论最初是由周扬和北京大学黄枂森教授等人发起的，后来最具代表性、权威性的两篇文章先后出自周扬、胡乔木在中共中央党校发言的讲话稿。一篇是时任中国文联主席的周扬于 1983 年 3 月 7 日做的报告《关于马克思主义的几个理论问题的探讨》，一篇是时任中共中央政治局委员的胡乔木于 1984 年 1 月 3 日做的报告《关于人道主义和异化问题》。周扬与胡乔木都是党内拥有深厚资历的理论家，尤其在马克思主义文艺理论界具有很高的地位，他们围绕“人道主义与异化”的理论探讨主要涉及以下问题：人是否是马克思主义学说的出发点？马克思主义理论体系中是否存在人道主义思想的成分？在社会主义社会中是否存在异化的现象？这次理论争鸣双方虽然在观点上各持己见，观点针锋相对，但都是从理论与实践的维度出发，立足于对马克思主义学说的理解阐释和对中国实际国情的观察，而非“扣帽子”式的人身攻击，更没有像“文革”时那样动辄以“反革命分子”相称进行污名化的大批判。这两篇文章后来分别收入公开出版的《周扬文论选》（人民文学出版社，2009 年）和《胡乔木文集》（人民出版社，1994 年），标志着两篇文章得到政治界和学术界的认可，成为后辈学者考察 20 世纪 80 年代初期马克思主义中国化过程中的理论争鸣的重要参考文献。

80 年代的美学大讨论具有强烈的哲学思想支撑及理论争鸣意涵，对美学学科基础理论夯实及发展具有重要意义，同时对现实的文学创作具有鲜明的指导性。这次美学大讨论的主要参与者既有各自的理论建构，也有彼此之间的交流与商榷，从而形成“一花独放不是春，百花齐放春满园”的活跃局面。学术界常将 80 年代的这次美学大讨论与 50 年代的美学大讨论相互比较。两次讨论都具有强烈的争鸣色彩，有所不同的是 50 年代的讨论更多被放置于政治框架中加以开展，将美学争鸣限定在意识形态分歧的视域中，因此出现了“批判”与“被批判”的强烈对峙；而 80 年代的讨论发生在改革开放、思想解放的新时期，所以从理论建构角度看，学者们更注重学理性、规律性的阐释，更注重方法论的建构；从理论接受角度看，读者也更多是从理论背景差异、学术观点差异的视角出发，以更加包容的心态来审视和讨论各家观点。

总体来看，新时期文坛中人们的理性思考已逐渐代替了“文革”时期那种非理性的狂热，“摆事实、讲道理”代替了上纲上线、捕风捉影甚至人身攻击，正确处理人民内部矛盾的态度代替了阶级斗争扩大化的行为。经过这几次较大规模的讨论，各种观点的利害得失越辩越明，广大文艺管理层及文艺工作者越来越善于运用辩证思维来思考和解决问题，文坛生态也得到明显净化。

当然，那种极端的、不加规约的所谓“思想解放”也可能会有悖初衷，导致一些错误思想观念的滋生，比如资产阶级自由化思想。面对新时期文化思想领域的巨大变化，邓小平一直注重以一种辩证的眼光紧盯“左”“右”两方面出现的问题，一方面大力倡导改革开放、解放思想，另一方面丝毫不放弃对“四项基本原则”这一底线的坚守。早在 1979 年 3 月 27 日，针对当时党内和社会上出现的资产阶级自由化倾向，邓小平在与胡耀邦、胡乔木谈话时，就指出：“四个坚持，坚持社会主义道路，坚持无产阶级专政，坚持党的领导，坚持马列主义、毛泽东思想的基本原理，现在该讲了。”① 1979 年 3 月 30 日，邓小平在党的理论工作务虚会上强调要坚持四项基本原则。他指出：“现在一方面，坚持‘左’倾错误的人攻击三中全会以来所实行的方针政策违反马列主义、毛泽东思想；另一方面，党内和社会上产生一种怀疑或反对四项基本原则的思潮。因此，我们要在继续批判极左思潮的同时，对怀疑或反对四项基本原则的思潮进行批判。”② 1980 年 1 月 16 日，邓小平出席中共中央召开的干部会议时指出：“要求安定团结，不会妨碍百花齐放。我们要永远坚持百花齐放、百家争鸣的方针。但是，这不是说百花齐放、百家争鸣可以不利于安定团结的大局。我们坚持安定团结，坚持四项基本原则，同坚持‘双百’方针，是完

---

① 中共中央文献研究室．邓小平年谱（一九七五——一九九七）：上．北京：中央文献出版社，2004：499.

② 同①501-502.

全一致的。”[①] 邓小平以上表述充分体现了底线思维与辩证思维、原则性与灵活性相统一的特征，为包括文艺工作者在内的党内外各界人士指明了新时期各项工作的基本遵循和前进方向。

资产阶级自由化思潮在文艺界也有表现。尽管80年代的文艺界官方（包括主流媒体）对具有自由化倾向的作家作品进行了意识形态层面的批判，但是大多都较好把握了分寸，批判被控制在一定范围内，有的批判在当事人做出反省和检讨后，便有意识做“降温”收缩的处理。[②] 党对文艺创作的干预，已经远没有此前那么直接和强烈。如邓小平所说的：“既反对阶级斗争熄灭论，又反对阶级斗争扩大化，不再搞急风暴雨式的阶级斗争了。要坚持无产阶级专政，坚持党的领导，但党要善于领导，不要像过去那样干预一切。”[③] 邓小平的这一观点在对待电影文学剧本《苦恋》的态度中得到比较全面的呈现，邓小平在《关于反对错误思想倾向问题》《关于思想战线上的问题的谈话》等文章中针对《苦恋》先后指出：

> 对电影文学剧本《苦恋》要批判，这是有关坚持四项基本原则的问题。当然，批判的时候要摆事实，讲道理，防止片面性。[④]
>
> 批评的方法要讲究，分寸要适当，不要搞围攻、搞运动。但是不做思想工作，不搞批评和自我批评一定不行。批评的武器一定不能丢。[⑤]
>
> 关于《苦恋》，《解放军报》进行了批评，是应该的。首先要肯定应该批评。缺点是，评论文章说理不够完满，有些方法和提法考虑得不够周到。《文艺报》要组织几篇评论《苦恋》和其他有关问题的质量高的文章。不能因为批评的方法不够好，就说批评错了。[⑥]

---

① 中共中央文献研究室. 邓小平年谱（一九七五——一九九七）：上. 北京：中央文献出版社，2004：593.

② 洪子诚. 中国当代文学史（修订版）. 北京：北京大学出版社，2007：191.

③ 同①528.

④ 邓小平. 邓小平文选：第2卷. 北京：人民出版社，1994：382.

⑤ 同④390.

⑥ 同④391.

批评要采取民主的说理的态度，这是必要的，但是决不能把批评看成打棍子。①

通过邓小平上述观点可以看出，他强调对一些具有不良倾向的作品进行批评的必要性和紧迫性，同时也指出必须注意批评的客观性并且要讲求批评方法。他既强调反右的必要性，也从历史上反右扩大化及其严重后果中汲取了教训，因此以一种周全、辩证的态度来对待文艺界出现的资产阶级自由化思想。1983 年发起的抵制和清除“精神污染”运动，起初声势浩大，但后来党中央认为运动有扩大化的倾向，因此这场运动只维持了 28 天即告终结。但是，党中央对资产阶级自由化的批判一直到 80 年代中后期都还在继续。1987 年 1 月 6 日，《人民日报》发表社论《旗帜鲜明地反对资产阶级自由化》指出，搞资产阶级自由化，即否定社会主义制度，是根本违背人民利益和历史潮流、为广大人民群众所坚决反对的。同年 2 月在以反对资产阶级自由化为中心议题的全国故事片厂厂长会议上，中宣部副部长贺敬之提出“主旋律”的概念。他认为，作品的社会主义和共产主义的思想内容，应该成为我们文艺的主旋律。② 1990 年 8 月 30 日《人民日报》发表社论《坚持不懈地反对资产阶级自由化——二论贯彻党的基本路线》，社论指出：“资产阶级自由化是一个特定的政治概念，是指反对共产党、反对社会主义制度。反对资产阶级自由化，并不反对在思想理论、文学艺术等意识形态领域进行理论探讨、学术争鸣，也不排斥西方国家的优秀文化、先进科学技术和现代化的管理。要继续贯彻‘百花齐放，百家争鸣’的方针。”社论既明确指出资产阶级自由化的危害以及坚决反对资产阶级自由化的态度，也未否定在意识形态领域继续推进思想解放、对外开放的必要性，重申了“双百”方针的适用性。

新时期党的文艺方针政策以及在其影响下形成的文艺理论研究热潮，充分体现了马克思主义在文艺理论界的巨大指导作用，体现了马克思主义与中国具体国情的有机结合。这一时期马克思主义中国化所取得的宝贵经验主要可以概括为以下几点：

---

① 邓小平．邓小平文选：第 2 卷．北京：人民出版社，1994：392.

② 欧阳雪梅．中华人民共和国文化史（1949—2012）．北京：当代中国出版社，2016：261-262.

第一，充分运用辩证唯物主义的思想方法，破除非此即彼的僵化思维。改革开放初期，党的文艺方针政策一直在“放”和“收”之间寻找某种平衡，为了吸取“文革”中的历史教训，总体上还是以“放”为主，呼应了新时期改革开放的基本路线以及思想解放的时代主旋律。即使有“收”的举措，也保持了审慎克制的持重态度，直面问题、勇于出击，又做到及时刹闸，未造成扩大化的不良后果。

第二，遵循历史唯物主义的原则，审时度势，紧紧抓住特定历史时期向文艺理论界提出的任务，牢牢把握改革开放条件下文艺理论界面临的问题。“问题就是时代的口号，是它表现自己精神状态的最实际的呼声。”① 改革开放条件下，文艺界最亟待解决的问题就是通过拨乱反正，纠正“文革”中的错误文艺方针路线，通过解放思想真正实现文艺的“二为”方向，落实文艺的“双百”方针，使得文艺事业得改革开放风气之先，开创新局面。正因为党的文艺方针政策的制定切中上述问题，因此深得文艺理论界及全社会的拥护，并有力地引导了新时期的文学创作。

第三，尊重文艺自身发展规律，“从美学和历史的观点”，而“不是用道德的、政治的、或‘人的’尺度来衡量”② 文学作品。马克思、恩格斯历来重视文艺作品的思想倾向，但反对以“传声筒”的形式主观直露地表现倾向，如恩格斯所说：“作者的见解越隐蔽，对艺术作品来说就越好。”③ 改革开放初期党的文艺方针以及学界的批评实践走出“文革”阴影，不再主张在作品中直接宣传某种政治观点的所谓“传声筒”式的倾向文学，反对离开作品本身对作家进行的道德绑架和人身攻击。由此，文艺从长期而紧迫的政治束缚中松绑，获得了独立宽松的发展空间。

综上所述，党在新时期的文艺方针路线进一步推进了马克思主义文论中国化，改革开放初期文艺理论界的思想解放既具有相当的广度和深度，同时也保持了必要的限度，对改革开放40年的文艺事业的健康发展起到了基础性和决定性作用。

---

① 马克思，恩格斯．马克思恩格斯全集：第40卷．北京：人民出版社，1982：289-290.

② 马克思，恩格斯．马克思恩格斯全集：第4卷．北京：人民出版社，1958：257.

③ 马克思，恩格斯．马克思恩格斯文集：第10卷．北京：人民出版社，2009：570.

三、文学思潮及流派的繁荣

改革开放的嘹亮号角响彻中华大地，思想解放运动不断深入，“双百”方针深入人心，这些都极大激发了广大作家的创作热情，使得作家从“蛰伏”状态中苏醒，投身于新一轮文学繁荣发展的事业中。新时期文学发展的成绩体现在诸多方面，最突出的表征是各种文学思潮的兴起、各种文学流派的出现，以及具有崭新创作风格的作品的涌现。

新时期最早在文坛引发强烈反响的文学思潮是伤痕文学。1977 年第 11 期《人民文学》发表了刘心武的短篇小说《班主任》，“它开启了一个新的话语时代，无论是它的内容还是叙事方式，都具有鲜明的启蒙意味”①。同时，《班主任》也拉开了伤痕文学的序幕，伤痕小说的意义在于将“颂歌变成忏悔，低沉代替高亢”②，对极左思潮的反思、对“文革”所造成苦难的揭露成为伤痕文学的主要标志。《班主任》中最让人难忘的人物形象是中学班主任张俊石和学生团支部书记谢惠敏。张俊石是一位富有仁慈之心的中学教师，他对不同类型的学生都能抱有同情和理解，对“小流氓”宋宝琦，他主动了解情况，极力挽救，坚决不放弃；对被极左思潮蒙蔽的谢惠敏，他并未恶语相加而是深感痛惜并积极纠正。谢惠敏既是极左路线的执行者，也是受害者。她无疑具有强烈的无产阶级情感，但是因为轻信与盲从“四人帮”的说教而变得眼界狭窄、是非模糊。例如，她将《牛虻》《青春之歌》统统看作“黄书”，予以坚决抵制，反映了其思维的僵化。如果将《班主任》放在更广的社会场域中考察，那么我们会发现该小说其实是通过塑造张俊石这位新时期的班主任形象，抛出了一系列教育领域内的重要议题，比如立德树人的意义、教师的使命与责任、教育的目标宗旨与方式方法、师生间的关系等。作家对这些问题的思考，贯穿于小说始终，这些问题也是教育工作者进入改革开放新时期以后所必须深入思考和着手

---

① 孟繁华，程光炜，陈晓明. 中国当代文学六十年. 北京：北京大学出版社，2015：41.

② 董之林. 走出历史的雾霭. 西安：陕西人民教育出版社，1991：35.

解决的问题。

1978 年 8 月 11 日卢新华在《文汇报》上发表的短篇小说《伤痕》，是伤痕文学的另一代表作。《伤痕》也可以看作一篇知青文学题材作品，是新时期文坛最早对“文革”中极左路线给知青心灵造成伤害进行控诉的小说之一。主人公王晓华是“六九届”学生，她因希望与被划作“叛徒”的母亲划清界限而来到辽宁沿海乡村插队，她以为乡村能够成为她的避难之所。但是，母亲的成分问题一直影响她的发展，她的插队生活充满曲折，内心孤独寂寞，政治前途黯淡，情感遭受挫败。《伤痕》以王晓华为例写出了极左路线对知青的戕害，父子/母子反目的悲剧在“文革”时期屡见不鲜，这不只是某一个人、某一个家庭的悲剧，更是一个时代的集体悲剧。

《人民文学》1979 年第 2 期刊登了茹志鹃的短篇小说《剪辑错了的故事》。这篇小说也具有伤痕文学的特征，但是它更多被看作反思文学的代表作。“‘伤痕’‘反思’的概念出现既有先后，各自指称的作品大致也可以分列。但是两者的界限并非很清晰。有关它们的关系，当时的一种说法是，伤痕文学是反思文学的源头，反思文学是伤痕文学的深化。”① 我们在《剪辑错了的故事》中便可以发现这种“深化”：作家已不再满足于揭露罪行或宣泄情感，而是痛定思痛，表现出一种更加理性的态度，以此对“文革”这场历史悲剧的根源进行深入探寻，反思历史是为了更好地面向未来。小说篇幅不长，却极富张力，以穿插式情节刻画了老寿和甘书记两个人物在中华人民共和国成立前后跌宕的人生经历。两人在解放战争时期曾是并肩作战的亲密战友，积极投身革命，将生死置之度外，在情感和行动上时刻与老百姓站在一起。中华人民共和国成立后，老寿还是那个老寿，心地纯良，大公无私，心系每位公社社员的冷暖，因为质疑上级在“大跃进”中的表现被打成“右派”；可甘书记却完全变了一个人，随着“大跃进”浮夸风气的全面蔓延，官职不断晋升的甘书记官僚主义作风和形式主义思想凸显，他开始脱离实际、脱离人民，只求政绩、漠视民生。老寿的“不变”与甘书记的“变”给读者留下深刻的反思空间。作者的用意显然

① 洪子诚. 中国当代文学史（修订版）. 北京：北京大学出版社，2007：259.

不仅仅是批判甘书记一个人，而是重在揭示甘书记为什么会变，揭示浮夸冒进的社会思潮对干部个人成长所造成的恶劣影响。

《十月》1981 年第 1 期刊登了古华的长篇小说《芙蓉镇》。小说兼具伤痕文学和反思文学的双重特征，书写了胡玉音、秦书田、谷燕山、黎满庚、王秋赦、李国香等身处湘西芙蓉镇的各色人物自 20 世纪 60 年代初期到 70 年代末期的境遇，借人物跌宕起伏的命运，揭示极左路线对普通群众的摧残和戕害。公社革委会主任李国香是极左思潮的忠实信服者和极左路线的坚定执行者，她有着"充沛却畸形"的革命热情，是"文革"中各种批判活动的"急先锋"。王秋赦是流氓无产者的典型代表，投机是其人生信条，他不问是非，谁在政治上得势谁便是他的靠山，于是他顺势成为李国香各种批斗活动的帮凶。在这种氛围中，也有秦书田、黎满庚这样的坚守正直品性者。秦书田是一个在逆境中隐忍、刚毅、乐观的"右派"人物形象，对不公正的待遇，他并没有决绝地以死相搏或消极悲观地苟且于世，他社会地位卑微，但却过着富有尊严的精神生活。与前几部短篇小说截取个别人物的生活片段来揭示历史悲剧不同，《芙蓉镇》作为一部体量庞大的长篇小说，用更充裕的篇幅叙述了十年间各类人物命运的波澜起伏变化历程，作品最后定格在李国香失势后对过往行为的忏悔以及秦书田对李国香恶行的宽恕上。1982 年《芙蓉镇》获得第一届茅盾文学奖，标志着其得到了主流文坛及广大读者的认可。

我们将以上几部作品放在一起比较，能够发现其中的异曲同工之处。从人物类型学上看，谢惠敏、王晓华、甘书记、李国香等人物形象属于同一序列，而老寿、秦书田、黎满庚等人物形象属于另一序列。前者或因少年无知在思想上没有得到正确引导，或因其身份具有某种"神圣的革命标签"，最终走向错误道路，导致人性扭曲；后者则因为对极左思潮的反思和质疑，并自觉与其保持距离而遭受坎坷。从主题学角度看，"创伤叙事"的历史逻辑贯穿于这几部小说中，从个人、家庭所遭受的精神创伤中揭示整个社会的集体性创伤。这种创伤波及各个领域及各类人群，创伤程度之深、范围之广令人唏嘘，但是这些创伤并非不可愈合，几部作品最后都或多或少尝试通过蒙冤者的平反与宽恕、极左人物的溃败及忏悔等去修复、弥合创伤，给历史以慰藉，给时代以启迪，给读者以希望。从叙事技巧角度看，几部作品并非进行线性的、机械的批判或宣教，而大多通过富于艺术感染力的对比描写（同一历史时段不同人物间的横向对比或是不同历史时段的纵向对比）、细腻的心理描写以及灵活的叙事技巧（跳跃、穿插、倒叙等），来达到一种生动形象、极富张力的戏剧化效果，批判方法看似委婉隐蔽，但是批判力度却得到极大增强。

伤痕文学、反思文学浪潮过后在文坛引发热议的是改革文学。从题材上看，改革文学是最直接地回应十一届三中全会精神的创作思潮，反映了改革开放初期社会各领域大刀阔斧进行改革实践的锐不可当之势。自 1978 年底十一届三中全会之后，中国便开始了自上而下的经济体制改革。与此同时，许多作家开始把创作目光由历史拉到现实，一边关注现实中的改革发展状况，一边在文学中书写自己关于国家各个领域发展的种种思考和设想。改革文学的开山之作是《人民文学》1979 年第 7 期刊登的蒋子龙的短篇小说《乔厂长上任记》，对这一作品后文会有介绍。

在发展初期，改革文学侧重揭示旧体制的种种弊端，强调改革的历史必然性。感应着时代的节奏，改革所涉及的每一个领域、每一点进展都在文学中得到了及时而充分的反映。顺应改革趋势的社会主义“新人”“开拓者”与因循守旧、止步不前的旧势力的矛盾冲突，构成了这一时期改革文学作品的基本叙事框架。改革文学中所涉及的矛盾虽然尖锐，但已不再是阶级矛盾，而是改革推进以及社会历史发展过程中衍生的人民内部矛盾。这些矛盾的滋生是改革“阵痛期”的产物，而这些矛盾的化解则反映了改革是历史发展的必然趋势，改革成果为人民所共同期待和向往。

高晓声的“陈奂生”系列小说，张洁的《沉重的翅膀》，贾平凹的《腊月·正月》《浮躁》，蒋子龙的《开拓者》，路遥的《平凡的世界》，李国文的《花园街五号》，张贤亮的《男人的风格》，王蒙的《坚硬的稀粥》等是改革文学的具有代表性的作品。

知青文学在新时期之初也迎来了可喜的转型。“文革”期间一些知青已经开始了他们的创作，公开发表的知青文学作品大多以渲染路线纷争和阶级斗争为主，突出革命理想的远大、革命形势的严峻和革命道路的曲折。最具代表性的是20世纪70年代上海人民出版社出版的“知识青年上山下乡丛书”，丛书以长篇小说为主。出版这套丛书是“为了及时地用文学形式反映这个在无产阶级文化大革命中出现的新生事物，艺术地再现我国青年一代在广阔天地里经风雨、见世面的斗争生活和锻炼成长的历程，鼓舞他们更好地前进”①。从“编后记”中我们不难读出两条信息：第一，丛书是“文革”的衍生物，因此必定带有强烈的阶级斗争色彩；第二，丛书带有理想主义色彩和宏大叙事的特征，目的是迎合革命形势发展的需要。这套丛书最大的特点是充斥了对“文革”期间乡村阶级斗争、路线斗争的描写。“文革”将以阶级斗争为主要形式的人民内部矛盾提升到一个新高度，书写阶级对立和阶级斗争是作家表现革命性的重要手段。但是这一时期知青作家塑造人物形象的时候，往往为了凸显其阶级属性，而忽略了对人的丰富性、立体型的描摹。非此即彼的思维方式导致的直接后果是，人物形象内在的丰富性被某种抽象人格所遮蔽或抽空，从很大程度上削弱了作品的艺术内涵。以长篇小说《征途》为例，作品讲述了钟卫华等知青如何接受贫下中农再教育的经历，在这一过程中，正面人物大队党支部书记李德江与张山、于春保等对立人物进行了激烈的路线斗争。作者着力塑造先进的农村基层干部形象，而这些人物自身的鲜活个性与复杂人性在小说中并未得到充分展现，知青自身的主体性和能动性也被阶级斗争主题所淹没。

以上种种情形在新时期得到明显改善，知青文学开始走向对“文革”的反思，越来越多的知青作家在阶级视角之外，发现了乡土世界的审美意义，发现了温暖人性与真挚情感，知青文学更丰富、多元的面向被打开了。张承志的《骑手为什么歌唱母亲》《黑骏马》，史铁生的《我的遥远的清平湾》等作品之所以在新时期知青文学中脱颖而出，就是因为知青作家开始以更加全面和辩证的视角来回忆和书写知青生活，他们不再不加反思地一味大唱颂歌，也并没有走向另一个极端——以极端消极的态度全盘否定知青生活的意义。这类作品开始深情地缅怀乡村及农民，知青作家对往昔乡村生活的回忆与书写超越了个体的感情需求，成为一种普遍性的时代

① 郭先红．征途．上海：上海人民出版社，1973：编后记．

症候，成为一代人集体性的浪漫回溯手段。

寻根文学在 20 世纪 80 年代中期异军突起。寻根文学中表现出的文化寻根思潮是“文革”结束后以作家为代表的知识分子由政治反思过渡到文化反思的具体表现。最初扛起寻根文学大旗的重要作家，大多是经历过乡土生活洗礼的知识青年，阿城的《棋王》，李杭育的《最后一个渔佬儿》等“葛川江系列”小说，郑义的《老井》，王安忆《小鲍庄》，韩少功的《爸爸爸》《女女女》等是寻根文学作品的代表作。寻根文学试图通过追问“我从哪里来”来确认“我是谁”，通过溯源迂回地实现了当下主体性的重建，在主体性重建过程中也实现了文学的美学价值和思想功能。显然，故乡、大地、母亲、根——这些意象之间的隐喻关系源于农业文明的修辞系统。一旦民族的文化传统遭受侵犯，这种修辞系统将为民族认同提供响亮而独特的符号代码。这时，文学之中“乡村”的语义往往会扩大为民族文化传统。①

寻根文学作品对乡土文化的态度呈现出两种不同的倾向：“或在民族文化之根的寻觅中弘扬传统，或在民族文化弊端的反省中批判历史。”② 前者以阿城等作家为代表，阿城寻“棋”、李杭育寻“渔”、郑义寻“井”、王安忆寻“仁”，表达了对传统文化的寻觅和认同，具有向中国传统文化致敬的意味。后者以韩少功等作家为代表，主要通过对传统文化中沉疴旧疾的揭示和批判，来唤起读者对传统文化的辩证认识和全面反思。总的来说，当代中国作家从伤痕文学、反思文学的短暂调整中，走向寻根文学。在寻根文学中，乡村、农民、土地作为重要的叙事资源，其意义也不再拘于“阶级性”之一格，作家通过乡土题材抽丝剥茧地辨析中国传统文化中的精华与糟粕，体现出对传统文化的回归倾向，寄寓了致敬或反思传统文化的愿望。寻根文学虽然从本土视野、民族文化角度切入，但是仍从一个侧面反映出开放思想的驱动力，它根源于新时期文化界中国与西方、传统与现代相互比照的思维框架。

如果说寻根文学仅仅是委婉传递了开放思想的话，那么现代派文学以

① 王光东．中国现当代乡土文学研究：上卷．上海：东方出版中心，2011：186.
② 杨剑龙．历史与现实病症的互照．上海：上海文艺出版社，2011：9.

及20世纪80年代中期兴起的先锋文学则是开放思想更直接、鲜明的确证，表现了中国作家面对国外思想资源、文学观念的开放态度。1980年前后中国文坛兴起了与传统社会主义现实主义不同的现代派文学，代表作家有王蒙、高行健等。他们的创作探索引发了当代作家对西方现代主义手法全面借鉴的创作潮流。王蒙的短篇小说《夜的眼》(1979年）描写了小镇青年陈杲来到久别20年的大城市之后的所见所闻，尤其勾勒了主人公夜行城市时纠结的心理活动。小说篇幅短小，但在有限的文字中了蕴含了叙述者丰沛、敏锐、细腻的感官体验，新鲜活泼的文风冲击了统治文坛已久的封闭僵化文风。小说的现代性体现在启蒙现代性与审美现代性两个方面。小说一方面高扬理性、关注社会政治现实，比如对“文革”的反思、对新生活的企盼；另一方面也重视感性、注重审美形式，比如运用意识流手法、心理描写等。高行健、刘会远的剧本《绝对信号》(1982年）也是一部充满实验色彩的作品。剧本以一节行进中的列车车厢为故事空间，通过精心设定的时空结构及细腻的心理描写呈现人物间的复杂关系，通过意识流等手段勾连出个人的成长史、情感史。这一剧本作为话剧被搬上舞台，它没有烦琐多变的布景，但其描写的缜密心理活动及富于悬念的情节，却使故事充满张力。新时期文学普遍发出“向内转”的信号，同时也在作品形式探索方面愈加用力，而一个封闭空间的设计恰恰能更充分、更细腻地揭示出人物的深层心理活动。作品以话剧的形式明白无误地呈示，我们所存在并经历的这个世界不只具有历时的性质，也富有共时的特征，历时性可包蕴于共时性之中——空间不再被看作凝固、封闭的场所，而变成了与人物相融合、与时间相关联、与历史相缠绕的动感场域及美学符号。①

有了现代派文学的准备和铺垫，先锋文学登上文坛也就显得水到渠成。与现代派文学相比，先锋文学与现实主义传统的距离进一步拉大。与传统作家所倚重的故事情节相比，叙事策略被先锋派作家摆在更为突出的地位。

先锋文学的繁荣与文学刊物《收获》的改革创新、锐意进取具有不可

① 李彦姝．“往来交通”的文学功能及美学意蕴：新时期以来文学语境中的交通工具．文艺研究，2016（10）．

分割的联系。《收获》复刊后最为鲜明的特征是应改革之势，积极探索、敢为人先，在体制机制、办刊风格等方面大胆求变，促进了新时期文坛的活力迸发，刺激了优秀青年作家的迅速成长。其体制机制创新主要表现为刊物内容的精英化高端定位与市场化的经营发行理念相结合。从1986年第1期开始，《收获》从上海文艺出版社收回出版权，由《收获》杂志社编辑并出版。同年开始，《收获》杂志自负盈亏，不刊广告，不刊具有软性广告性质的文学作品，没有社会赞助，不设后援会和理事会，仅凭独特的艺术品位在市场中寻找生存空间。《收获》办刊风格创新的标志性事件，是20世纪80年代中后期对先锋文学作家群体的集中推介，这也成为新时期文坛的一段佳话。1987年第5期《收获》刊发了一批默默无闻的青年作家的先锋文学作品，这一期后来被称作“先锋文学专号”。作品包括马原的《上下都很平坦》、洪峰的《极地之侧》、余华的《四月三日事件》、苏童的《1934年的逃亡》、鲁一玮的《寻找童话》、孙甘露的《信使之函》等。1987年第6期《收获》再次推出先锋文学专号，刊发了余华的《一九八六年》、格非的《迷舟》。1988年的第5、6期依旧是先锋文学专号。上述作家在当时都是名不见经传的初出茅庐者，《收获》编辑部成员以其敏锐眼光和胆识，成就了先锋文学与先锋作家的集体亮相，这意味着新的美学原则在崛起，反映了中国作家对西方文学经验、创作手法的大胆吸收和借鉴，从一个侧面标志着改革开放思想在文学创作领域落地开花。

先锋文学兴起之初，无疑具有明显的模仿西方作家作品的痕迹，但是在当时那种由保守过渡到开放的文化语境中，在那种由社会主义现实主义之一维过渡到百花齐放、百家争鸣之多维的文学氛围中，这种以“模仿”为起点的创作实验无疑也是值得肯定的。先锋文学的文体形式、叙事策略、语言风格等，在面世之初对当代文学期刊编辑的判断力和鉴别力构成挑战，对大多数中国读者的领悟力、理解力、审美惯性也构成巨大挑战。先锋文学强调审美的自律性，字里行间充斥着敏锐的感觉、迭起的悬念、复杂的心理活动、破碎的故事情节、不确定的人物命运等。先锋文学带给读者这种极为新奇、陌生化的阅读感受，在改革开放40年的文学发展进程中，是一个具有特殊意义的“审美解放”的时刻。如果说伤痕文学、反思文学、改革文学等主要在文学社会学层面上实现了作品题材的改革与创新，那么，现代派文学及先锋文学则主要在文学审美学范畴内彰显了作品文体形式、叙事策略、语言风格等的更迭与嬗变。尽管以今天的眼光来看，先锋文学有其固有的局限性，但是审美的解放（具体到文本内容的解放、形式的解放及语言的解放等），是思想解放的题中应有之义，也是改革开放政策在文艺领域生动具体、潜移默化的呈现。

四、文学创作密切联系社会主义建设

文学创作为社会主义服务、文学发展与社会主义现代化建设紧密结合在“新时期”最突出的表现有：呼应全社会拨乱反正的时代要求，以文学理论建设表现全社会解放思想的主流趋势，以各种流派的文艺作品表现改革开放的伟大实践等。

改革开放伟大实践中的改革主要落实在国内社会主义生产建设领域，而新时期的很多文学作品恰好铺开了社会主义现代化建设的画卷，反映了改革大潮中呈现出的蓬勃景象，极具现实性与时代性。早在 1942 年毛泽东《在延安文艺座谈会上的讲话》发表之后，解放区文学就已经开始自觉践行讲话精神，将现实主义奉为创作圭臬。“十七年”及“文革”时期是社会主义现实主义在创作界占主导地位的时期，几乎所有隶属“红色经典”的作品都以此为主导思想。新时期到来之后，固然文坛中各种文学流派林立，但现实主义依然具有强大的生命力；当然，作家对现实的认知和思考也更为全面和透辟，批判现实主义的思想与方法重新得到重视并焕发活力。

尤其是改革文学，有必要展开具体分析。改革文学是伴着十一届三中全会的指导精神及工作部署应运而生的，与时代主流意识形态贴合得最为紧密。“文革”结束后，中国重新焕发活力，农村与城市都发生了巨大变化，这些发展变化为作家提供了极好的写作素材，改革文学涉及改革的各个领域，较为突出的是政治领域、农业领域和工业领域等。

改革文学中涉及政治领域（政治体制、干部政绩、党风政风等）的，有代表性的是张洁的《沉重的翅膀》(1981 年)、李国文的《花园街五号》(1983 年)、柯云路的《新星》(1984 年)等作品。当然，改革是全方位、系统性的工程，牵一发而动全身，因此这些作品并不仅仅着眼于政治领域，也涉及了其他领域的改革，比如《沉重的翅膀》涉及工业领域，《新星》涉及农业领域等。

《沉重的翅膀》是一部反映改革开放初期工厂政治生活及生产建设的长篇小说，正面勾勒了工业建设中改革派与反改革派的尖锐较量，描写了国务院重工业部和其所属的曙光汽车制造厂，在 1980 年围绕工业经济体制改革所进行的一场复杂斗争。副部长郑子云是一位思想解放、业务精通的改革家，他在企业管理方面有丰富经验和独到见解，他一手抓思想政治工作，一手抓企业管理与生产，充分调动管理者与工人的积极性。而作为改革的“拦路虎”，部长田守诚和副部长孔祥等人则有浓厚的官僚主义作风与形式主义思想，无视社会主要矛盾的变化，坚持“以阶级斗争为纲”，漠视生产建设。但是群众要求改革，曙光汽车制造厂厂长陈咏明就顶住各方面的压力，在厂里大刀阔斧地进行改革。他关心群众冷暖，积极解决职工的住房问题，分到房的住户为了感谢他，请他吃饺子，他又夹起饺子送进老泪纵横的老工人嘴里。车工组长杨小东和他的伙伴们，也是一群朝气蓬勃的改革派，他们互相扶持、同舟共济，在工作上激情四射，充满集体荣誉感。上上下下的群众都向往改革，这是时代的召唤，是任何人都阻挡不了的大势。小说的结尾写到选举党的十二大代表，尽管田守诚部长耍尽花招，但是郑子云的支持率仍远远超过了他，获得了压倒性多数选票，充分说明了党心民心都在改革派的一边。虽然改革的起步阶段充满各种阻力，但改革派的决心异常坚定。

党的十一届三中全会召开以后，启动了农村改革的新进程。全会认为农业这个国民经济的基础就整体来说还十分薄弱，只有大力恢复和加快发展农业生产，才能提高全国人民的生活水平。全会提出了当前发展农业的一系列政策措施，并同意将《中共中央关于加快农业发展若干问题的决定(草案)》发到各省、市、自治区讨论和试行。这个文件在经过修改和充实之后正式发布，一些重要的农业方面的文件相继制定和发布施行，有力地加快推动了农村改革的进程。1981 年 12 月，全国农村工作会议在北京召开，1982 年 1 月 1 日，中共中央首次发出“一号文件”，批转了《全国农村工作会议纪要》(简称《纪要》)。《纪要》强调：“我国农业必须坚持社会主义集体化的道路，土地等基本生产资料公有制是长期不变的，集体经济要建立生产责任制也是长期不变的。”《纪要》指出：“目前实行的各种责任制，包括小段包工定额计酬，专业承包联产计酬，联产到劳，包产到户、到组，包干到户、到组，等等，都是社会主义集体经济的生产责任制。不论采取什么形式，只要群众不要求改变，就不要变动。”1983 年 1 月，中共中央印发了一号文件《关于当前农村经济政策的若干问题》，进一步肯定了家庭联产承包责任制。文件下发后不长时间内，实行包干到户的农户就达到农户总数的 95%以上。与此同时，乡镇政府取代了人民公社，正式登上历史舞台。1984 年 1 月，中央一号文件《关于一九八四年农村工作的通知》提出，延长土地承包期至 15 年以上。以上与农村、农业、农民密切相关的改革政策被很多当代作家（尤其是乡土作家）写入作品。

高晓声于 70 年代末 80 年代初创作了以“陈奂生”为主人公的系列小说，如《“漏斗户”主》《陈奂生上城》《陈奂生转业》《陈奂生包产》《陈奂生出国》等，展现了改革开放之初农民的新生活、新见闻、新思想，勾勒出一幅中国农村经济体制改革发展变化的历史画卷，反映了农民物质生活和精神面貌发生的巨大变化。在新的历史条件下，陈奂生一步步从因袭重负中走出来，逐步摆脱生活上和精神上的贫困，在生产责任制的激励之下，经过反复的思想斗争，开始重新寻求自己的位置。贾平凹自 1978 年以后十年间的小说一直贯穿着“农村改革”的元素，其中的代表作是《商州》《腊月・正月》等作品。《商州》(1984 年）中描写了形形色色、大大小小的乡镇企业，处处展现出农村改革的崭新画面。比如说刘家湾集资兴办糖醛厂，武关在农村新经济政策的刺激下开展养殖、鞭炮等多种生产经营活动，刘塬、棣花镇兴办的水泥制品厂带动了周边的民办企业，商县的市场经济兴盛繁荣等。小说还塑造了具有改革精神的人物形象，其中既有糖醛厂厂长程一民这类具有改革魄力的干部形象，也有像棣花镇个体户贾翠环这样靠在桥头卖油茶、麻花起家的改革新人。

路遥的长篇小说《平凡的世界》在改革文学作品中出现较晚（1986年），但是它的影响力至今丝毫未减，随着时间推移，这部作品非但没有被淹没，经典意义反倒愈发凸显，直至今天依然得到很多读者的关注和喜爱。《平凡的世界》全面反映了1975年到1985年这十年间中国农村以及城市的变革历程。小说记录了社会中发生的各种大事件，极具时代感。比如写到十一届三中全会之后中央对农村搞家庭联产承包责任制的指示。故事发生地双水村的村民们长期被贫困笼罩，饱受缺水难题困扰，他们在种庄稼这一生存大计都无法保障的情况下，自然穷则思变，寻求其他出路，改革箭在弦上，势在必行，颇有破釜沉舟的意味。小说中具有代表性的改革派人物是孙少安，他从小生长在农村，因为文化水平低而不能像弟弟孙少平一样出外“闯荡”，他在农业生产经营方面有经验、有干劲，是村里第一个站出来要改革的农民。他赞同实行家庭联产承包责任制，他的想法得到了生产队成员的同意，大家还拟订了自己生产队承担自己的劳动成果的承包责任制的合同。但是改革之路充满艰难险阻，由于村干部及乡政府坚决制止，这次由农民自发牵头的改革尝试最终以失败告终。改革文学最引人注目的一点就是这种新旧观念间的猛烈交锋以及新势力绝不妥协的改革决心。后来孙少安没有放弃创业之路，他开烧砖窑，成为村里唯一一个“冒尖户”之后，扩大生产规模，最后办成真正的砖厂。孙少安又一次走在了改革之路的最前列，他不负众望，在自己奋斗的黄土地上做成了这份事业。时势造英雄，平凡农家之子的孙少安适逢一个不平凡的时代，他的成功既得益于自身不懈奋斗的艰苦实践，更得益于党的十一届三中全会之后改革大潮的热烈召唤。

工业题材的改革文学同样引人注目。蒋子龙的《乔厂长上任记》（1979年）中56岁的乔光朴主动要求从机电局电器公司经理的位置下到重型电机厂这个“大难杂乱的大户头厂”当厂长。乔光朴在“文革”中受过批斗，但是他并没有从此意志消沉、一蹶不振，而是期待着在新时期重振雄风、大展身手。恰恰是在跌倒之后，奋斗才凸显其意义，他没有因为现实复杂而放弃理想，没有因为年近花甲而放弃热情，历史只会眷顾立于潮头的奋进者、搏击者，而不会等待懈怠者、畏难者。乔厂长身上的优秀品格在新时期的工业改革中发挥重要作用。首先是担当精神，强烈的责任感和使命感促使他接手电机厂这个“烂摊子”；其次是实干精神，他勇于谋事创业，深入厂区，认真调研，充分把脉，了解工厂生产情况、人员情况等，逢山开路，遇水架桥，在实践中摸索改革之路；再次是创新精神，他具有广阔的国际视野，大胆借鉴外国先进生产技术和工艺，改革工厂落后的生产线；最后是合作精神，他与自己的老搭档党委书记石敢精诚合作，对曾经批斗过自己的郗望北不计前嫌，照常任用，体现了内举不避亲、外举不避仇的公正无私。乔光朴所领导的改革不是一帆风顺的，因为只要是改革就会触及一部分人的既得利益，改革之初他四处碰壁、举步维艰，但他的改革决心是坚定的，改革举措是得当的，因此改革目标是光明的，正如小说中所说的，谁找道路，谁就会发现道路。

总的来说，不管是政治题材、农业题材，还是工业题材，新时期作家在改革文学的创作中做到了解放思想、贴近生活、扎根人民，密切关注改革开放过程中社会经济发展的新变化、新矛盾、新问题，聚焦于改革开放过程中涌现出来的新人、新事、新思想、新经验，反映了改革开放的新气象、新成果，开创了现实主义文学的新境界。

五、“走出去”与“引进来”

“对外开放”基本国策的顺利实施赋予中国文学前所未有的历史机遇，中国文学与世界文学交流、融合、互鉴不断加深，中国文学“走出去”与外国文学“引进来”两方面均取得了可喜成果。

中国文学“走出去”，反映了广大作家及文学工作者在经历了“文革”十年的文化封闭后对外讲述中国故事、走向世界文坛的迫切需要，也迎合了世界各国人民期待通过文学认知和了解中国的历史与现实的美好愿望。改革开放为中国文学在新时期走出国门扫清了各种障碍，提供了绝好的历史机遇，新时期之初中国文学的对外传播有一系列标志性事件，比如《中国文学》杂志的繁荣发展以及“熊猫丛书”的出版等。《中国文学》（英文版）创刊于1951年，是中华人民共和国成立后最早的一份向外国翻译介绍中国文学的官方刊物。20世纪80年代，伴随着中国文学事业的蓬勃发展及国际间文化交流的日益密切，《中国文学》进入黄金时期，主编杨宪益1981年倡议出版“熊猫丛书”，力图通过对外翻译中国文学作品搭建中国文学对外传播的桥梁。杨宪益在中国文学翻译及对外交流史上扮演了重要角色，他与夫人、英籍中国文化学者戴乃迭合作翻译了大量中国古典小说，如《魏晋南北朝小说选》《唐代传奇选》《宋明平话小说选》《聊斋选》《儒林外史》《红楼梦》等，推动了中国优秀古典文学的域外传播。收入“熊猫丛书”的中国文学作品，既有古典文学作品，也有现当代作家的作品。在此之前，《中国文学》上译载的部分作品已编入外文图书出版社的书籍里，“熊猫丛书”则先将杂志上已译载过、但还没出过书的作品结集出版；随着丛书规模的扩大，又增加了新译的作品。丛书主要用英、法两个语种出版，也有少量德、日等语种的作品。丛书受到国外读者的广泛欢迎，许多书重印或再版。1981年以来，“熊猫丛书”发行到百余个国家和地区，成为中国文学对外译介领域的知名品牌，先后为陶渊明、王维、蒲松龄、刘鹗、鲁迅、茅盾、巴金、老舍、冰心、叶圣陶、沈从文、丁玲、郁达夫、吴组缃、李广田、闻一多、戴望舒、艾青、孙犁、萧红、萧乾、施蛰存、艾芜、马烽、叶君健、刘绍棠、茹志鹃、陆文夫、王蒙、玛拉沁夫、蒋子龙、谌容、宗璞、张贤亮、张承志、梁晓声、邓友梅、古华、汪曾祺、高晓声、王安忆、冯骥才、贾平凹、张洁、韩少功等众多古今作家出版过专集。

一方面，中国文学“走出去”，向世界贡献优秀的精神文化食粮，为外国读者提供认知中国的途径；另一方面，外国文学“引进来”，为中国文坛带来鲜活思想和宝贵经验，为中国文学高质量发展提供了外部的刺激及营养供给。从20世纪70年代末开始，中国大陆出现了大规模译介西方文化思想、文艺理论、现代文学作品的热潮。最初是重印20世纪50—60年代的出版物，此类出版物以20世纪以前的古典文学理论和文学创作为主。1977—1978年间，人民文学出版社重印了包括《一千零一夜》《死魂灵》《悲惨世界》《战争与和平》《高老头》《名利场》《契诃夫小说选》《莎士比亚全集》等在内的40余种世界名著，这次较大规模的“名著重印”在学界和全社会引起轰动，全国各大新华书店出现半夜排队抢购的热潮。这次名著重印“在国内植入了新的话语生长点，为新时期的知识构造提供了动力，其直接结果是促进了新时期最早的思想文化潮流——人道主义的话语实践”①。

改革开放以后，大量专门的外国文学出版机构建立，如外国文学出版社、上海译文出版社、中国对外翻译出版公司、译林出版社等。外国文学作品和文艺理论著作的翻译出版逐渐形成规模，各大出版社策划出版了诸多“书系”，其中影响较大的有“20世纪外国文学丛书”“外国文学名著丛书”“诺贝尔文学奖获奖作家作品集”“现代外国文艺理论译丛”“西方学术文库”等。

20世纪80年代风行一时的“美学热”“文化热”“方法热”都与外国文学作品、理论著作大量翻译到中国密切相关。一方面，作家积极吸取外国尤其是西方现代主义作家的创作经验，尤其是在叙事技巧方面大量模仿、借鉴西方作品；另一方面，文学研究者、批评家的理论热情空前高涨，西方理论成为他们介入文学研究、批评的有力借助和重要抓手。20世纪80年代中期，中国文学研究及文学评论界掀起了“方法热”的浪潮，1985年被称为“方法论年”。一方面，信息论、系统论、控制论等西方现代自然科学的方法被运用到中国文学研究及评论领域；另一方面，符号学、新批评、形式主义、结构主义、精神分析、接受美学等西方现代人文社会科学的理论也被广泛译介和运用。这一时期的文艺理论家、文学评论家，都开始自觉树立“方法论”意识，有意识地运用新方法来研究作家作品、文学现象，大大促进了新时期文艺思想的解放，推动了新时期文学研究、文学批评范式的确立及场域的拓展。

新时期中国文坛创作、研究、批评之繁荣景象，无疑深深受惠于对外开放政策的施行，具体来说主要受惠于西方著作的成规模的译介与传播。然而新时期的这一次“西学东渐”也留下了一些隐患，这些隐患直至若干年后才逐渐被人们看清。“言必称西方，文必引西方”在当下的文学研究、

① 赵稀方. 翻译与新时期话语实践. 北京：中国社会科学出版社，2003：5.

文学批评乃至整个思想文化研究领域几乎已经成为一种思维定式，尤其是在“学院派”那里，西方各类文本屡屡成为他们进行所谓“学理性”研究的凭借，似乎如果没有大量的西学援引，就容易被看作没有“学问”或“学术不规范”。而近年来，张江等学者提出的“强制阐述论”观点以及众多学者“重建中国文论话语自信”的呼吁，无疑是对这种“学术成规”的质疑和反驳，为我们留下了重新思考新时期西学势如破竹般涌入中国的利害得失的空间。

新时期中国思想文化界的“如饥似渴”，使得外来学说（尤其是西方学说）在进入中国之时，没有经过细致遴选，导致精华夹杂糟粕的泥沙俱下局面的出现。而另外还有一种情况是，中国当代学界对有些理论的理解远远不够深入，表面的“理论过剩”背后是“理论匮缺”，表现为一部分译介者以及后继的阐释者、研究者抱着“拿来主义”的投机心理，对西学采取一种不求甚解、囫囵吞枣的态度，理解与研究均浮于表面，并没有对某一理论本身的优缺点进行全面、深入、辩证的分析；或者没有将外来学说与中国基本国情及中国本土理论资源进行有效整合；或者对西学的某些理论缺陷采取置之不理或过于包容的态度。总的来看，尽管这次西学东渐留有遗憾，但从大方向上来看，无论如何也不能低估这次中国思想文化界向世界敞开国门的重要意义。

总的来说，没有改革开放之初十余年的拨乱反正、解放思想、大胆探索，就没有改革开放40年来文学事业的稳定、蓬勃发展。新时期文学对整个中国当代文学发展来说是一个具有转折意义与开端意义的重要阶段，是一个文学事业大放异彩的黄金时期。

第二章　后新时期调整与过渡：后新时期文学综论

一、后新时期党的文艺方针政策

20 世纪 90 年代的中国文学我们称为“后新时期文学”。“后”字在时间层面意味着与“新时期”相承续，同时也暗示着改革开放、社会经济发展不断深入之后文学领域所出现的新气象，表明 90 年代的文学发展呈现出区别于前十余年文学的新形势、新状况。

进入 90 年代，“弘扬主旋律”成为后新时期伊始党领导文艺工作的重要目标和任务。1991 年 3 月 1 日，中宣部、文化部和广播电影电视部联合印发《关于当前繁荣文艺创作的意见》（简称《意见》）。《意见》指出，繁荣文艺创作，不断提供质量优良、数量充足、多姿多彩的文艺作品，以适应社会主义现代化建设的需要，满足人民群众日益增长的精神文化生活需要，是文艺部门的中心工作，是全体文艺工作者的光荣使命和神圣职责。

《意见》要求，繁荣文艺创作，必须坚持以马克思列宁主义、毛泽东思想为指导，坚持为人民服务、为社会主义服务的方向和百花齐放、百家争鸣的方针，坚持文艺的多种功能的统一，坚持发展多样化和突出主旋律的统一。《意见》强调，我们的文艺作品，应当努力反映现实生活，表现时代精神，为提高人民素质，培养和造就有理想、有道德、有文化、有纪律的一代新人，建设社会主义精神文明，做出应有的贡献；要团结、教育和鼓舞人民群众，在党的领导下，为促进社会主义现代化建设，实现十年规划和“八五”计划而努力奋斗。

《意见》指出，为了调动广大作家艺术家的积极性和创造性，进一步繁荣社会主义的文艺创作，根据我国革命文艺发展的经验和文艺生产规律，应该具体做好以下几方面工作：一是组织和引导作家艺术家学习马克思列宁主义、毛泽东思想，学习党的路线、方针、政策，学习科学文化知识；二是采取多种形式，组织作家艺术家深入生活；三是加强创作规划和对重点创作的领导；四是搞好二度创作，调动导演、表演、指挥、演奏、音乐、美工、摄像、录制等各类创作人员的积极性，合力推出高水平高质量的艺术品；五是建立一支宏大的专业与业余相结合的创作队伍；六是加强文艺作品传播手段的管理；七是加强和改进对文艺创作的评论；八是加强文艺创作的对外宣传推荐和中外合作创作的管理；九是设立创作基金，改进奖励制度；十是加强文艺法制建设，促进文艺创作繁荣，保证文艺事业健康发展。应该说 90 年代伊始印发的这份《意见》非常具有现实针对性，对文艺发展的总体目标、方向、任务以及文艺事业各个分支的侧重点都做出了明确具体的部署，在指导后新时期文艺工作健康有序发展方面发挥了风向标的作用。

文艺事业发展不能独立于党和国家发展的整体战略布局，只有从党和国家顶层设计的角度出发，才能更清晰地研判后新时期文艺发展的目标、任务、路径等。回到 90 年代初的社会历史语境中，最引发国人关注的一件大事就是邓小平南下视察以及南方谈话的发表。

1992 年 1 月 18 日至 2 月 21 日，改革开放总设计师邓小平视察武昌、深圳、珠海、上海等地并发表谈话，即“南方谈话”。南方谈话在整个 90 年代乃至进入 21 世纪以后都留下了深远的回声，在中国 40 年改革开放史上留下了浓墨重彩的一笔。南方谈话作为一次部署国家整体发展战略的谈话，重点放在加快经济体制改革上，为社会主义市场经济体制的建立指明了方向。谈话并未直接针对文学领域，但在其中我们还是不难找出可能在文学界产生间接但巨大影响的一系列表述。比如他谈到改革开放的幅度问题：

> 改革开放胆子要大一些，敢于试验，不能像小脚女人一样。看准了的，就大胆地试，大胆地闯。①

比如他再次谈到“左”与“右”的关系问题：

> 现在，有右的东西影响我们，也有“左”的东西影响我们，但根深蒂固的还是“左”的东西。有些理论家、政治家，拿大帽子吓唬人的，不是右，而是“左”。“左”带有革命的色彩，好像越“左”越革命。“左”的东西在我们党的历史上可怕呀！一个好好的东西，一下子被他搞掉了。右可以葬送社会主义，“左”也可以葬送社会主义。中国要警惕右，但主要是防止“左”。②

邓小平的南方谈话不仅向经济界释放大胆改革开放的信号，也向思想文化界、文艺界释放明确且积极的信号：社会主义市场经济已经全面铺开，改革开放的步子越走越大，“左”的老路坚决不能重走；但与此同时，80年代思想文化领域反对资产阶级自由化的余音未绝，对于“右”仍要继续加以警惕。这等于为90年代中国文化、文学发展定下了总体基调，同时也为文艺工作者留下较为宽松的可供自我调整、调节的空间。

1992年10月12日，党的十四大在北京开幕，这次盛会是在我国加快改革开放和现代化建设的新形势下召开的。江泽民同志在《加快改革开放和现代化建设步伐　夺取有中国特色社会主义事业的更大胜利》的大会报告中指出，大会的任务是以邓小平同志建设有中国特色社会主义的理论为指导，认真总结十一届三中全会以来14年的实践经验，确定今后一个时期的战略部署，动员全党同志和全国各族人民，进一步解放思想，把握有利

---

① 邓小平．邓小平文选：第3卷．北京：人民出版社，1993：372.

② 同①375.

时机，加快改革开放和现代化建设步伐，夺取有中国特色社会主义事业的更大胜利。报告明确了90年代改革和建设的主要任务，指出要在90年代把有中国特色社会主义的伟大事业推向前进，必须坚持党的基本路线，加快改革开放，建立和完善社会主义市场经济体制，集中精力把经济建设搞上去。同时，要围绕经济建设这个中心，加强社会主义民主法制和精神文明建设，促进社会全面进步。

报告指出，要坚持两手抓，两手都要硬，把社会主义精神文明建设提高到新水平。改革开放和现代化建设，有力地推动着我国人民解放思想、开阔眼界、面向世界、走向未来，焕发出自强不息、奋力拼搏的精神，同时也对精神文明建设提出了更高要求。物质文明和精神文明都搞好，才是有中国特色的社会主义。精神文明建设必须紧紧围绕经济建设这个中心，为经济建设和改革开放提供强大的精神动力和智力支持。精神文明重在建设，应当高度重视理论建设，保障学术自由，注重理论联系实际，创造性地开展研究，繁荣哲学社会科学，坚持和发展马克思主义。加强理论队伍建设，重视中青年理论工作者的培养。坚持为人民服务、为社会主义服务的方向和百花齐放、百家争鸣的方针。积极推进文化体制改革，完善文化事业的有关经济政策，繁荣社会主义文化。要重视社会效益，鼓励创作内容健康向上特别是讴歌改革开放和现代化建设的具有艺术魅力的精神产品。加强新闻、出版、广播、电视和文学艺术等方面的工作。

党的十四大报告号召各级党委要认真总结改革开放以来的新经验，加强和改进对精神文明建设的领导。我们要继承和发扬中华民族优良的思想文化传统，吸收人类文明发展的一切优秀成果，在生动丰富的社会主义实践中，创造出人类先进的精神文明。我们要为改革开放和现代化建设创造有利环境，培养一代又一代有理想、有道德、有文化、有纪律的新人。

党的十四大报告虽然并未对文学事业发展做出具体部署，但是由于文学事业与精神文明建设之间的紧密关系，因此上述针对社会主义精神文明建设的相关论述对整个后新时期文学事业发展都有重要的指导意义。文学创作及相关研究评论工作，是精神文明建设的重要组成部分。在文学创作中，作家以强烈的精神追求与艺术追求，书写生活，礼赞人民，抒发感情，追求真善美，弘扬主旋律，传播正能量……这对社会主义精神文明建设、对社会主义文化事业的繁荣、对人民群众道德修养与文化素质的提升都具有极其重要的意义。

改革开放最初十余年的新时期文学，是中国当代文学发展的黄金时期，绘就了一片春回大地、万象更新的美好图景。在这样一个良好开局的基础上，后新时期文学发展又将去向何处？中国文学在经历了十余年辉煌期后，又该如何从备受瞩目的“焦点位置”平稳地过渡到一种发展速度和质量不减的状态之中？文学如何应对和适应中国特色社会主义市场经济的新形势，而又不失去它已经获得的蓬勃态势与精英品格？中国特色社会主义市场经济体制对文学发展的推力与阻力是如何以一种掣肘姿态体现出来的？这些是我们在观察后新时期文学时不得不加以关注的问题。

南方谈话发表与党的十四大的召开，标志着我国改革开放和现代化建设进入了一个新阶段。1993 年 11 月，党的十四届三中全会审议通过《中共中央关于建立社会主义市场经济体制若干问题的决定》，制定了建立社会主义市场经济体制的总体规划。90 年代初，深化改革、扩大开放、发展社会主义市场经济等一系列重大举措为后新时期的文艺事业发展和转型注入了新的活力。

邓小平离开中央领导岗位之后，以江泽民同志为核心的党的第三代中央领导集体深刻领会南方谈话与党的十四大的精神内涵，并将上述精神贯穿于包括文艺工作在内的宣传思想文化工作中。1994 年 1 月 24 日，江泽民在全国宣传思想工作会议上发表讲话，并全面阐述了“弘扬主旋律、提倡多样化”的方针。在弘扬主旋律的精神实质方面，他提出四个“大力倡导”①。

> 弘扬主旋律，就是要在建设有中国特色社会主义的理论和党的基本路线指导下，大力倡导一切有利于发扬爱国主义、集体主义、社会主义的思想和精神，大力倡导一切有利于改革开放和现代化建设的思想和精神，大力倡导一切有利于民族团结、社会进步、人民幸福的思想和精神，大力倡导一切用诚实劳动争取美好生活的思想和精神。

---

① 中共中央文献研究室．十四大以来重要文献选编：上．北京：人民出版社，1996：656-657.

他指出要采取有效的政策措施，积极支持反映主旋律的精神产品的生产。

> 每年都要拿出一批优秀的、为人民群众所喜闻乐见的影视、戏剧、音乐、舞蹈、美术和文学作品。反映主旋律的精神产品不仅思想内容要健康向上，艺术表现也应多种多样、生动活泼、精益求精，具有强烈的吸引力和感染力，在文化市场竞争中赢得优势。

"弘扬主旋律"与"在文化市场竞争中赢得优势"两者之间并不矛盾，"精神产品"四个字本身就蕴含了文艺作品的双重属性：精神属性与商品属性，即文艺作品应该将社会效益与经济效益相统一。在后新时期中国特色社会主义市场经济的语境中，文艺作品的商品属性及其经济效益成为一种正当且必要的追求，当然这种追求必须建立在文艺作品的精神属性与社会效益的基础之上。同时，精神属性本身也分为若干层次：

> 社会生活是丰富多彩的，人民群众的精神文化需求也是多方面、多层次的。只要是能够使人民得到教育和启发、得到娱乐和美的享受的精神产品，都应受到欢迎和鼓励。

这段话从现实出发，肯定了人民群众精神文化需求的差异性，相应的，也就等于肯定了文艺作品的多元化趋势，为精英文学之外的其他文学形态开辟了广阔的生存空间，为普通读者所喜闻乐见的优秀的通俗文学作品等自然也能满足相当一部分人民群众的精神文化需求，且在经济效益方面有着突出的表现，在后新时期文学发展中占有越来越重要的地位。

江泽民在《努力开创社会主义精神文明建设的新局面》（1996 年 10 月 10 日）一文中强调："我们需要在实践中不断总结经验，处理好发展社会主义市场经济和发展社会主义精神文明的关系。"① 针对文化及文艺工作的具体情况，他指出：

> 各项文化事业都要坚持为人民服务、为社会主义服务的方向，坚持百花齐放、百家争鸣的方针。要积极引导文艺工作者深入群众、深

① 江泽民．江泽民文选：第 1 卷．北京：人民出版社，2006：572.

> 入实际，了解和体验改革开放和现代化建设的火热生活，树立正确的创作思想。这样才能培养造就一支好的队伍，产生一大批无愧于时代的作品，实现以优秀的作品鼓舞人的光荣任务。在抓好繁荣的同时，还要抓好管理，促进文化市场健康发展。①

1996 年 10 月 7 日至 10 日，党的十四届六中全会在北京举行。全会审议并通过《中共中央关于加强社会主义精神文明建设若干重要问题的决议》(简称《决议》)。《决议》认为改革文化体制是文化事业繁荣和发展的根本出路，改革的目的在于增强文化事业的活力，充分调动文化工作者的积极性，多出优秀人才，多出优秀作品。《决议》强调改革要符合精神文明建设的要求，遵循文化发展的内在规律，发挥市场机制的积极作用。改革要区别情况，分类指导，理顺国家、单位、个人之间的关系，逐步形成国家保证重点、鼓励社会兴办文化事业的发展格局。

1996 年 12 月，中国文联第六次全国代表大会、中国作协第五次全国代表大会在北京召开。江泽民发表讲话指出，党的十一届三中全会以来的十几年文艺事业取得突出成绩，老一代文艺家精神焕发，中青年文艺工作者人才辈出，文艺队伍不断发展壮大；各个文艺门类作品数量众多，形式、风格、流派多样，体裁、题材、主题丰富；群众性文艺活动广度前所未有。这是党和国家工作中心转移，贯彻落实党的基本理论和基本路线，全面展开社会主义现代化建设的结果，也是坚持文艺为人民服务、为社会主义服务方向和百花齐放、百家争鸣方针的结果。我们的广大文艺工作者，在新的历史时期，为提高全民族的思想、道德、文化素质，鼓舞人民同心同德地建设有中国特色社会主义，为加强社会主义精神文明建设和满足人民群众的精神需求，付出了艰辛的劳动，发挥了重要的作用。从总体看，我们这支数以百万计的文艺大军是好的，是值得党和人民信赖的。

江泽民指出，文艺界的这次盛会，可以看作《中共中央关于加强社会主义精神文明建设若干重要问题的决议》在一个重要方面的贯彻落实。在精神文明建设中，社会主义文艺是一条重要的战线，承担着培养有理想、

① 江泽民．江泽民文选：第 1 卷．北京：人民出版社，2006：580．

有道德、有文化、有纪律的“四有”新人，激励人民团结奋进的庄严职责。以自己的艺术实践投身建设有中国特色社会主义的宏伟事业，和时代迈着共同的脚步，和祖国一道前进，努力成为名副其实的人类灵魂的工程师，这是文艺工作者的光荣，也是人民群众关怀和支持文艺事业、敬重文艺工作者的根本原因。党和人民深深地相信，在改革开放和现代化建设的发展中，在两个文明的发展中，在中华民族的全面振兴中，我们广大的文艺工作者一定能够发挥更大的作用，做出更大的贡献。

他重申，社会主义精神文明建设包括文艺工作的指导思想是马克思列宁主义、毛泽东思想和邓小平建设有中国特色社会主义理论。毛泽东思想是马克思主义基本原理同中国具体实际相结合的产物，是马克思主义在中国的运用和发展。邓小平建设有中国特色社会主义理论，是对毛泽东思想在新的历史条件下的继承和发展，是当代中国发展了的马克思主义，是我们党在新时期各项工作的根本指针和中华民族振兴的强大精神支柱。马克思列宁主义、毛泽东思想和邓小平建设有中国特色社会主义理论，一脉相承，是统一的科学体系。对马克思主义的信仰，永远是我们事业发展和文艺繁荣的精神动力。马克思主义的文艺思想，是马克思主义的重要内容。坚持马克思主义，包括坚持马克思主义文艺思想的基本理论。他指出，文艺界的同志要认真地学习马克思、恩格斯、列宁的文艺论著，特别要认真地学习毛泽东同志的《在延安文艺座谈会上的讲话》和邓小平同志《在中国文学艺术工作者第四次代表大会上的祝词》。这两篇讲话，集中体现着我们党的文艺思想、文艺路线、文艺方针，是我们党对马克思主义文艺理论的独特贡献，将长期对我们的文艺事业发挥指导作用。

他指出，为人民服务、为社会主义服务，决定着我国文艺的性质和方向，为我国文艺的发展和繁荣开辟了无比广阔的前景，在社会主义现代化建设的整个过程中，始终是我们必须坚持的根本原则。中国社会主义文艺发展和繁荣的最深刻根源，在中国人民的历史创造活动之中。5 000 多年来，各族人民在改造自然、改造社会的过程中，在共同抵御外侮的斗争中，相互帮助，增进友情，融汇为统一的、团结的中华民族，创造了灿烂的中华文明，这催促着我们在这块大地上继续奋斗。他强调，我们党自成立以来，就把马克思主义基本原理同中国具体实际相结合，中国人民由精神上的被动转入主动，经过艰苦卓绝的斗争，建立了中华人民共和国，开创了社会主义的新时代。我们正在进行的社会主义现代化建设，是前无古人的伟大创举。按照党的“一个中心、两个基本点”的基本路线的要求，深化改革，扩大开放，建立社会主义市场经济体制，发展社会主义民主，发展社会主义精神文明，是在我国进一步解放和发展生产力、消灭剥削、消除两极分化、最终达到共同富裕的必由之路，是促进社会全面进步的必由之路。它推动着我国社会主义文艺的发展和繁荣，也为文艺家施展才华提供了广阔的舞台和很好的条件。

他希望文艺工作者进一步深入生活、深入群众，向生活学习、向群众学习，认识社会发展的客观进程，认识人民群众的利益所在，认识人民群众的历史创造性和精神生活的进步。他指出，社会主义现代化建设事业本身，就是亿万群众演出的艰苦创业、威武雄壮的历史活剧。生活如大浪淘沙，在涌动的前行中总会有污浊和逆流。文艺要讴歌英雄的时代，反映波澜壮阔的现实，深刻地生动地表现人民群众改造自然、改造社会的伟大实践和丰富的精神世界。文艺工作者要努力在自己的作品和表演中，贯注爱国主义、集体主义、社会主义的崇高精神，鞭挞拜金主义、享乐主义、个人主义和一切消极腐败现象。在人民的历史创造中进行艺术的创造，在人民的进步中造就艺术的进步，给人民以信心和向上的力量，才能实现以优秀的作品鼓舞人的任务，使人民群众不断提高的精神需求得到满足，使弘扬主旋律与提倡多样化完满地统一起来。

他强调了中国社会主义文艺与改革开放基本国策，尤其是与开放之间的关系。“中国社会主义文艺，是在扩大开放的环境中发展和繁荣的文艺。坚定不移地实行对外开放的国策，与世界各国进行广泛的经济、贸易、科学、技术、教育、文化交流，对我们的社会主义现代化建设具有重大的意义，同时也有益于文艺工作者开阔眼界、增长知识，学习和借鉴世界各国的文明成果。”①

他以辩证的态度看待文化自信与吸收外来思想的关系。“学习和借鉴，要采取分析的态度，区分先进和落后、科学和腐朽、有益和有害，积极吸收

① 中共中央文献研究室. 十四大以来重要文献选编：下. 北京：人民出版社，1999：2152.

先进、科学、有益的东西，坚决抵制落后、腐朽、有害的东西。学习和借鉴的目的在于博采众长，丰富自己的民族文化。如果丧失自己的创造能力，盲目崇拜、照搬西方资本主义的价值观念，结果只能是亦步亦趋，变成人家的附庸。历史和现实都告诉我们，国家要独立，不仅政治上、经济上要独立，思想文化上也要独立。植根中国社会主义现代化建设的实践，反映中国人民创造自己新生活的进程和中华民族自强不息的精神，是中国社会主义文艺的立身之本。只有首先赢得中国人民的喜爱，具有中国风格、中国气派，才能堂堂正正地走向世界和屹立于世界文化之林。……我们的文艺，在保持自己的社会主义性质和民族特色方面，在提高民族自尊心、自信心和抵制殖民文化侵蚀方面，在以自己的优秀成果丰富人类文明方面，应该做出更大的成绩。”①

他强调要以“双百”方针促进社会主义文艺繁荣。“文艺是一个需要极大地发挥个人创造性的领域。实行‘双百’方针，要求充分发扬艺术民主和学术民主，鼓励文艺工作者进行不倦的探索和创造。无论是提高艺术表现力，还是判断艺术的优劣高下和学术上的是非，都不能靠行政命令，而要靠艰苦的艺术实践，靠平等的争鸣。要在努力探求客观规律和维护人民群众利益的基础上进行同志式的讨论，支持学术上、艺术上不同形式、不同风格的自由发展和竞赛，使不同学术观点、不同艺术观点之间，能够相互了解、相互切磋、取长补短、共同进步。文艺批评是文艺发展的重要推动力，要在探索文艺规律和促进文艺繁荣、推荐优秀作品、批评错误的文艺倾向方面，在帮助人们区分真善美和假恶丑方面，发挥积极的作用。优秀的文艺创作和科学的文艺批评，杰出的作家、艺术家和杰出的文艺批评家，仿佛孪生兄弟。正确地实行‘双百’方针，就能有效地加强理论与创作的引导力度，推进文艺的发展和繁荣。”②

他重申了文艺与政治之间的关系。“十一届三中全会以后，我们党已经不再使用文艺从属于政治的口号。十八年的实践证明，这是正确的。……政治具体地存在于我们的社会生活中，存在于文艺工作者的思想

---

① 中共中央文献研究室．十四大以来重要文献选编：下．北京：人民出版社，1999：2152-2153.

② 同①2153.

感情中。特别是在面临西方国家经济、科技占优势的压力和西方意识形态渗透的情况下，所谓不问政治、远离政治，是不可能的。在文艺工作中坚持党的基本理论、基本路线和方针政策，坚持正确的创作思想，多出精品，把美好的精神食粮贡献给人民，郑重地考虑作品的社会效果，旗帜鲜明地反对资本主义和一切剥削阶级腐朽思想文化的侵蚀、反对'一切向钱看'，旗帜鲜明地鼓舞人们为壮丽的社会主义现代化建设事业而奋发进取，这就是马克思主义政治对文艺工作者的基本要求。"①

他强调各级党委要把加强和改善对文艺工作的领导，作为精神文明建设的一项重要工作抓紧抓好。要帮助广大文艺工作者认真学习马克思列宁主义、毛泽东思想和邓小平建设有中国特色社会主义理论，为他们深入生活、深入群众，不断提高思想业务素质，充分增长和发挥艺术创造力，提供良好的条件。要努力培养越来越多的紧跟时代步伐、热爱祖国和人民、艺术精湛的作家艺术家。要加强思想政治工作，加强对共产党员文艺工作者的教育、管理和监督。从事文艺工作和在文艺部门工作的共产党员，要在思想上、政治上、作风上，在深入生活、深入群众上，发挥表率作用。文艺部门的领导干部，首先要向文艺家们学习，努力成为行家里手，用符合文艺规律的办法来领导文艺。同时，要维护文艺家的合法权益，积极帮助他们解决生活、工作、学习上遇到的困难。

讲话最后，他指出 21 世纪将是建设有中国特色社会主义事业取得新的辉煌胜利的世纪，也将是中国社会主义文艺更加群星灿烂、百花争艳的世纪。

为响应党的十四届六中全会精神，《中共中央关于进一步做好文艺工作的若干意见》（简称《意见》）于 1997 年 1 月 11 日出台。《意见》研判了当前一个时期文艺工作的形势和任务，阐明了文艺工作的指导思想和方针原则，强调要大力繁荣文艺创作，深化文艺体制改革，加强文艺事业的管理，建设高素质的文艺队伍，加强和改善党对文艺工作的领导等。《意见》在加强文艺事业管理这部分强调了要努力探索和建立适应社会主义市场经济体制的文艺工作管理制度。要加强创作生产规划，合理调整事业布局。要加快文艺立法，完善文化经

---

① 中共中央文献研究室. 十四大以来重要文献选编：下. 北京：人民出版社，1999：2153-2154.

济政策，加强文化市场管理，加强中外文化交流工作的管理等。可见，党中央特别重视与社会主义市场经济体制相配套、相融合的文化、文学事业发展。

1997 年 9 月 12 日至 18 日，中国共产党第十五次全国代表大会在北京召开。十五大报告站在世纪之交，对中国发展进行回顾和展望，首次使用了“邓小平理论”的科学概念，明确了邓小平理论的历史地位和指导意义，并把这一理论作为指引党继续前进的旗帜。报告系统、完整地提出并论述了党在社会主义初级阶段的基本纲领：建设有中国特色社会主义的经济，就是在社会主义条件下发展市场经济，不断解放和发展生产力；建设有中国特色社会主义的政治，就是在中国共产党领导下，在人民当家作主的基础上，依法治国，发展社会主义民主政治；建设有中国特色社会主义的文化，就是以马克思主义为指导，以培育有理想、有道德、有文化、有纪律的公民为目标，发展面向现代化、面向世界、面向未来的，民族的科学的大众的社会主义文化。报告指出，建设有中国特色社会主义的文化，要坚持用邓小平理论武装全党，教育人民；努力提高全民族的思想道德素质和教育科学文化水平；坚持为人民服务、为社会主义服务的方向和百花齐放、百家争鸣的方针，重在建设，繁荣学术和文艺。建设立足中国现实、继承历史文化优秀传统、吸取外国文化有益成果的社会主义精神文明。

党的十五大后，中国特色社会主义文化建设以实施“精品战略”为核心，通过加强管理和深化改革，出现了繁荣发展的新局面。国家陆续制定和完善出版、印刷、音像制品、营业性演出以及广播电视等方面的管理条例，为文化精品进入市场提供法律保障和政策扶持，使健康的文化产品占据文化市场的主导地位。①

二、后新时期文学事业发展概况

随着市场经济的全面铺开和文化体制改革的持续推进，后新时期文学

① 中共中央党史研究室．中国共产党的九十年：改革开放和社会主义及现代化建设新时期．北京：中共党史出版社，2016：843.

的整体格局，作家的生存模式与创作取向，文学作品生产、流通、评价方式的外部条件都发生了巨大变化。具体来看有以下一些突出表现：

第一，作家队伍不断壮大，文学从业者数量众多。后新时期，文学领域不再是少数体制内作家自耕自作的小圈子，越来越多体制外的作家也加入创作大军中来，作家的存在形式越来越灵活多样。写作者不再将以“专业作家”身份供职于各级作家协会视为唯一出路，社会上出现了越来越多的“自由撰稿人”，文学创作的个性化越来越鲜明，自由撰稿人的出现为树立各种新的文学旗帜提供了极大的可能性。作家“下海”的现象也越来越突出；也有很多商界成功人士重返书斋从事文学创作，成为兼职作家、兼职诗人。有的职业作家写而优则教，进入高校获得教职，一边从事创作，一边从事与写作相关的教学活动。经济的发展、法制的健全、和平的国内外环境使得中国作家的社会地位、经济地位不断提高，生存环境、创作环境、话语环境得到极大改善，外界制约因素不断减少，各类作家可以根据自身特长全身心投入文学创作中。

从性别配比来看，男性作家一统天下的局面不复存在，女性文学获得长足发展。联合国第四次世界妇女大会于 1995 年 9 月在北京举行，因此 1995 年又被视为“妇女年”，表现在文学界就是女性文学热，女性作家作品数量激增，水准不断提升，个性更加鲜明，受众更加广泛。尤其在市场经济条件下，女性作家作品更具有社会话题效应，更容易受到市场青睐，从而获得更广阔的销售与传播渠道。女性作家在后新时期的集体崛起，证明中国女性的社会地位、家庭地位、主体意识、知识水平等在改革开放以后得到了根本性改善，男女平等的局面在文学创作领域已经基本实现。

从年龄分布看，各代际作家均衡发展，形成梯队效应，除了新时期已经在文坛成名的作家继续领跑文坛外，中青年作家也迅速成长。20 世纪 60 年代出生的“晚生代”作家集体登上文坛，在小说、诗歌等创作领域取得不俗成绩；70 年代出生的作家在文坛崭露头角，开始得到主流文坛关注；到了世纪之交，“80 后”作家通过新概念作文大赛等渠道成名，在市场关注度和读者占有率上有不错的表现。

除了作家队伍不断壮大，其他从事与文学事业相关工作的人员也不断增多，如文学研究者和评论家、出版行业人员、文化传播公司职员以及下游的发行销售人员等。他们虽然不直接从事文学创作，但所从事的文学研究、文学评论、选题策划、宣传推广等工作，在文学繁荣发展的过程中同样扮演了至关重要的角色。

第二，文学出版事业在体制转轨中开始了市场化转型。随着市场经济的持续发展，文学工作者的出版观念以及文学生产、传播、接受的模式均发生了巨大变化。各类出版机构总的来说仍由国家统一管理，但国家对其的管控以及资助力度不同程度削弱，很多刊物和出版机构进入自负盈亏的市场运营模式中。出版机构不再被动地充当文学作品的传播中介，而是开风气之先，逐步转变为文学生产传播的引领者、组织者、管理者。出版机构的自主性与独立性不断加强，在市场经济和大众传媒的双重刺激下，出版机构市场化转型催生了畅销书生产模式，一定程度上推动了大众文化的繁荣，创造了可观的社会效益与经济效益。文学出版市场化进程的推进，激活了文学生产的内在活力，文学的价值追求与功能更加全面和多元。文学作品的思想性、艺术性与文学商品的消费性，文学创作的个体性与出版工业的规模化之间的关系得到关注和研究。此外，民营资本和个人资本加大了对书刊出版发行的投入，在国家主导的传统渠道之外有了个体书商、民营书店和二渠道的发行途径。出版机构加大对文学出版物的营销力度，新人新作推出后不再任其自生自灭，而是积极调动各种手段对其进行包装、宣传、推介，以期实现社会效益与经济效益的最大化。文学期刊面对市场化转型的挑战，也勇于求变，唤醒自身的市场意识。很多刊物不再守株待兔，而是主动策划文学活动与事件，打出新的文学旗号，推出新的作家作品，引领文坛潮流和读者审美，比如“新写实”“新市民”“新体验”等小说流派的风靡，都是文学刊物主动出击、苦心经营的结果。

第三，版税制度依法恢复和实施，使得文学创作成为具有可观经济收益的行为。版税，又称版权使用费，是一种付酬方式，是知识产权的原创人或版权持有人对其他使用其知识产权的人所收取的金钱利益。具体到作家的版税，就是指其作品进入市场以后由销售业绩决定的个人收入份额。90 年代普遍恢复实行的版税制度为我国文学图书出版业的进一步发展注入了活力，在刺激畅销书生产、改善出版生产关系、促进对外版权贸易等方面发挥了积极作用。处于文学生产链条上的各个环节的人员开始参与市场策划营销，以保证进入市场的文学书籍能获得尽可能好的经济收益。文学作品作为作家独创性的脑力劳动成果，其商品属性和经济价值在市场经济条件下得到进一步的认定，版税制度的实施使得作家财富收入增长，物质条件得到改善，由此过上更宽裕的生活，这也是以作家为代表的知识分子受惠于改革开放政策尤其是受惠于文化体制改革的直接体现。1999 年 6 月，《出版文字作品报酬规定》出台，明确了各类以纸介质出版的文字作品的付酬条件、基本稿酬标准、版税标准等。该规定的出台有利于进一步规范出版市场的付酬行为，保障了著作权人的合法经济权益，很大程度上激发了作家的创作热情。稿酬制度的完善和稿酬标准的提高有效保证了作家的收入水平，作家群体不再被视为“清贫”“寒酸”的群体，他们依靠勤奋工作不断供给丰富的精神文化产品，赢得读者、赢得市场，提升了社会地位和经济地位。

第四，大众文化语境下通俗文学作品的盛行。新时期精英文学一统天下的局面在后新时期发生了变化，大众文化思潮引领下的通俗文学的份额逐渐增大，如通俗小说、纪实文学、青春文学、人物传记、休闲散文随笔等。这类作品往往有着更鲜明的消费属性，拥有数量众多的读者和丰厚的市场报酬，它们的辐射面之广、影响面之大是精英文学作品难以比肩的。大众文化不仅造就了面向市场而生的通俗文学作家，也培养了大批量的“粉丝型”读者，作家与读者的关系从互不相识变为彼此靠近甚至关系密切。通信、签名售书、读者见面会等形式大大拉近了作家与读者之间的距离。文学疆域的拓宽，使文学变得无处不在，使得文学生活变得触手可及，这大大激活了文学场域的活力，使得文学插上翅膀，从封闭书斋飞入寻常百姓家。后新时期的中国文学看似失去了新时期的“轰动效应”，但在大众普及层面却上升到了一个新的高度，大众文学的勃兴、大众阅读局面的形成，作家与读者密切关系的确立，实际上也是精神文明建设所取得的突出成果，是广大人民群众积极参与文学生活的具体体现和精神文化需求得到满足的有力见证。

三、文艺理论与文学创作比翼齐飞

后新时期的文艺理论建设、文学批评、文化研究取得长足发展。马克思主义文艺理论研究取得新成果，在党的文艺方针的引领下，广大文艺理论家大力探索马克思主义文艺理论中国化的新路径，努力开创中国特色社会主义文艺理论新境界。马克思主义文艺理论中国化在后新时期主要在两个维度得到发展和深化：一是从外部环境入手，考察市场经济条件下文学生产论的深化；二是人文精神大讨论与包括作家在内的知识分子主体新理性精神的培育。

文学生产论研究在后新时期方兴未艾，文学生产与文学消费、商品经济与文化产业等成为这一研究领域的热点问题。这一变化一方面是受到西方马克思主义文化工业研究的影响，同时也与中国后新时期的社会现实土壤有着密切的关系。随着改革开放的深入，市场经济迅速发展，商品经济日益繁荣，生产与消费在社会经济发展各个领域都成为重要环节，文化与文学领域也不例外。在《1844 年经济学哲学手稿》中，马克思第一次明确将艺术纳入“生产”的范畴，艺术不仅受生产的普遍规律支配，也有其自身的特殊规律。不过，马克思当时只是提出了这个论断，并未做进一步的论述。在《1857—1858 年经济学手稿》的“导言”中，马克思才把这种特殊性第一次明确概括为“艺术生产”，并在对物质生产和艺术生产基本关系进行论述的基础上，特别强调两者之间的不平衡性，特别强调艺术生产的特殊性之所在。[①] 马克思艺术生产理论的出发点是对资本主义社会的分析，因此马克思的艺术生产理论以往不受中国学界重视，但在中国特色社会主义市场经济新的历史条件下，它的意义便在一定程度上凸显出来，文学的“生产—传播—消费”维度以及作家作为生产者（producer）的角色，为中国学界研究文学创作活动提供了一种视角，当然采取这种视角的前提

① 张永清. 历史进程中的作者（下）：西方作者理论的四种主导范式. 学术月刊，2015(12).

是不能将中国的市场经济与马克思笔下的资本主义社会直接画等号。

1993 年 9 月，《文艺报》召开了关于艺术生产问题的研讨会。9 月 18 日发表了《本报召开艺术生产问题研讨会》一文，进而组织了关于艺术生产的大讨论，随后越来越多的学者从马克思主义基本原理出发，结合马克思主义经典作家的思想、西方马克思主义学者的理论拓展与中国特定时期社会发展与文学发展的现状，从艺术生产角度展开对中国文学的研究。

文化研究的勃兴是后新时期文坛的又一件盛事。文化研究的思维和方法逐渐在文学研究与批评中发挥效力，大大开阔了文学研究者和批评家的思路，拓宽了文学研究的面向。关注文学作品的文化品格与市场表现，关注文学生产的各个环节，关注影响文学发展的体制机制，是文化研究的主要着力点。

这一时期的文艺理论建设与文学批评实践是在复杂的文化语境中开展起来的，面临着来自各方面的巨大挑战：“社会主义市场经济的发展、文化进入市场、西方思想文化的涌入、中国历史遗留下来的封建残余思想的侵蚀等，带来中国文化的多元与思想的多样性。一时间，文化领域各种主义、流派、形式泥沙俱下，良莠难辨，文化多样性、复杂性远胜于 80 年代。如新自由主义强调个人主义与自由主义价值；在市场化大潮下，实用主义、技术主义、功利主义兴起，侵蚀人们的思想；后现代主义拒绝宏大叙事，强调消解中心，低俗化、不健康的作品大行其道，文化荒诞感蔓延。社会上，享乐主义与虚无主义盛行。”① 后新时期的文学批评更重视系统性、理论性与知识性，大量借鉴西方理论话语和批评范式。文学评判越过了感性的“作品评价”的简单阶段，进入以理论框架为基础对作品进行深入阐释的时期，这与新时期以来引进西方现代文学理论有很大关系。叙事学、后现代主义、后殖民主义、女性主义等理论在后新时期的文学批评活动中表现得异常活跃，学院派批评家在学术话语场域中成为中坚力量。

后新时期作家创作与文学批评构成互动，出现了不少“现象级”作家作品，在文坛引发了广泛关注，为思想文化界的持续讨论与反思创设了广

① 欧阳雪梅．中华人民共和国文化史（1949—2012）．北京：当代中国出版社，2016：261-262.

阔的空间。对这些作品的认识和讨论也成为“人文精神大讨论”这一90年代思想文化界标志性事件的导火索。王蒙在1993年第1期《读书》上发表《躲避崇高》一文为王朔作品辩护，他认为在社会转型的条件下，新的美学原则在崛起，因此应该对王朔等适应市场经济的新型作家予以包容和接受。从批判的声音来看，张德祥、金惠敏合著《王朔批判》一书于1993年2月出版；王晓明等在1993年第6期《上海文学》上发表对话录《旷野上的废墟——文学和人文精神的危机》，批判与对话的起点也都是王朔的作品。王蒙的理解与鼓励也好，反对者的质疑和批判也罢，都体现了各自的文学立场，也大多能晓之以理、自圆其说。王蒙更敏锐地感知了时代脉搏，对新的文学现象和美学原则持理解的态度，反对者则将纯文学的创作立场及其持久价值看作比时代性更重要的东西。

坚持精英立场是“人文精神大讨论”的基本出发点。大讨论于1993年至1995年间围绕知识分子的精神价值和社会功能问题在上海、北京、南京等地全面铺开。这次讨论是知识界解放思想、百家争鸣在后新时期最鲜明的表现。在市场经济条件下，以学院派为代表的文学批评家坚守精英批评底线，敢于对不利于精英文学发展的思潮和导向亮剑。“人文精神大讨论”反映了当代知识分子对文化界、文学界以及对自我的深刻反省，是知识分子强化社会责任感、高举理想主义旗帜的突出表现。

从创作题材及文学流派的角度看，后新时期作家的创作面向更为广阔，大大拓宽了创作题材，尤其是西部文学迎来了较大发展，带动了少数民族文学、丝路文学的崛起。西部作家扎根西部生活，弘扬西部精神，为文坛带来一股刚劲雄健之风，在创作方法上既彰显地域特色，又尝试与西方现代文学接轨。

从文学体裁来考虑，后新时期的小说、散文、报告文学等均有不错表现，皆取得可喜成果，最为人称道的是“长篇小说热”和“散文热”。

80年代的小说创作面貌焕然一新，但是表现抢眼的多为中、短篇小说，这一状况在后新时期得到扭转，更多“大部头”作品问世，如《白鹿原》《长恨歌》等，这些扛鼎之作成为后新时期文坛一道不容忽视的风景线，直至当下仍然被视为当代文学经典。后新时期最有影响的小说，几乎都是长篇。长篇小说的文体自觉，是作家思考深入、阅历丰富、技巧成熟的标志之一。作家付出更多时间和精力专注于一部作品，这本身就是作家成长成熟的体现。与中短篇小说相比，长篇小说在表现历史、思考重大问题、表现生活广度、展现作家艺术个性以及塑造典型人物等方面有与生俱来的文体优势。

从题材看，后新时期问世的长篇小说主要可以分为历史题材、家族题材、怀旧题材、社会题材、女性题材等类型。历史题材占有很大分量。二月河的《康熙大帝》《雍正皇帝》《乾隆皇帝》等，唐浩明的《曾国藩》等是其中影响较大的作品。家族题材主要是通过描写某一个或几个家族的故事，对中国近现代以来的历史变迁做全景式、史诗式扫描，较有代表性的是陈忠实的《白鹿原》、张炜的《九月寓言》等。怀旧题材是通过追忆来书写风云际会的历史图景与个人命运变迁，如王安忆的《长恨歌》。社会题材以“现实主义冲击波”系列小说为代表，这类作品以全景方式书写 90 年代以来经济体制改革、政治体制改革过程中的成功经验及面临的问题与挑战，着眼全局性、公共性的社会生活，关注乡镇、工厂、政界等社会各个领域。代表作品有刘醒龙的《分享艰难》，谈歌的《大厂》《车间》《天下荒年》，关仁山的《大雪无乡》《九月还乡》，周梅森的《绝对权力》，陆天明的《苍天在上》等。女性题材异常活跃，代表作有林白的《一个人的战争》、陈染的《私人生活》等，这类作品以女性的性别意识为本位，关注女性内心世界和精神生活，处处体现出鲜明的女性思维特征、情感特征。这类作品的诞生缘于后新时期女性作家更加自信和独立的创作姿态，缘于中国当代女作家性别意识的空前高涨和思想解放的不断深入。

从文学史命名来看，后新时期各种以“新”冠名的长篇小说流派纷纷涌现：新写实、新历史、新市民、新体验、新状态、新女性、新武侠、新言情……这些流派的作品力图区别于 80 年代的作品，在已有的文学成就基础上另辟蹊径，其中既有精英作家创作的纯文学作品，也有以普通大众为目标读者的通俗文学作品。作家聚焦的题材越来越多样，一方面，作家的革命历史叙事热情不减，历史题材长篇小说佳作频出、蔚为大观，整体上提升了这一时期文学作品的厚重感，增强了纵深感；另一方面，一些作家努力把握时代脉搏，表现时代生活，传递百姓心声，反映时代需求，越来越贴近现实、贴近普通百姓的审美趣味、关注普通百姓的日常生活，新写实、新市民文学的盛行即为例证。

有评论家认为，90 年代文学整体上趋于一种“新状态”：“新状态就是作家无须扮演，他本身就是社会的自然角色，这个角色不是他者化的，是他真实的自己。”① “新状态不是一种创作手法，也不是一种主义，它是社会文化的转型给创作带来的一种转折机制，这种机制使作家得以回到了我们以前千呼万唤的文学本体，回到了自己的从容状态上，在现实与传统之间，在创新的限制与自由之间，在东方与西方的文化冲突之间，不再无所适从、偏执偏信，而是更加从容不迫了。”② “新状态文学不像‘新写实’那样完全从外在的视角去描述一个客体，也不像实验文学那样沉迷于语言形式的探索，它对生活的鲜活状态保持一种敏锐的感觉，在艺术形式探索上保持一种不经意的自由状态，一切都以最充分地呈现当下的生存状态为指归。”③ 由此可见，新状态之“新”并非指一种人们从未经历过的状态，而是指作家慢慢找回了自己的状态，这种状态既不同于“文革”时期的激进状态，也不同于 80 年代的亢奋状态，而是一种回归生活、回归日常、回归自我、回归本真的类似于原生态的状态。在这种状态的引领下，“世纪末中国的作家开始进入一个宽阔的境界，一个充满希望的相对自由的境界，有一种解放感”④。在今天看来，所谓“新状态”其实并无多少“新”意可言，它其实就是一种自然状态。但在当时的社会语境及文学语境中，批评家提出这种说法，对文坛创作生态的调节和纠正还是起到了一定积极作用。

后新时期长篇小说创作中还有一个值得关注的现象就是隶属同一地域的作家以“集团军”的形式集体登场，同一属地作家抱团取暖，集中发力，使得中国博大精深而又独具特色的地域文化得到充分彰显。新时期也有众多文学流派，但这些流派多以作品题材或艺术风格划分，到了后新时

---

① 王干．王干文集．北京：作家出版社，2018：293.

② 同①283.

③ 同①296.

④ 同①298.

期，划分文学共同体的方式又多了一种，即以作家所属地域划分，文学共同体的地域属性被进一步强调并予以细化，文学的地域性、风格化特征得到凸显。90 年代初，陕西文学出现井喷盛况，佳作不断，1993 年上半年，陈忠实、贾平凹、京夫、程海、高建群等陕西作家不约而同推出重要作品，获得热烈反响。《光明日报》1993 年 5 月 25 日第二版头条发表了题为《“陕军东征”火爆京城》的文章，“陕军东征”由此得名。90 年代中期，河北作家何申、谈歌、关仁山推出一系列以贴近老百姓、关注时代发展、展现新生活为主要特色的作品，塑造了一系列具有时代感和典型性的人物形象，他们的作品受到读者的广泛好评和评论界的关注，被称为河北文坛“三驾马车”。1999 年春天，由河南文学院主办的“文学豫军长篇小说”研讨会在河南新乡召开，来自各地的著名作家和文学评论家出席会议，对李佩甫、周大新、刘震云、阎连科、张宇、田中禾等河南作家的代表性作品进行了广泛而深入的研讨，对河南作家集体性的创作成果及作品背后鲜明的地域文化特征进行了高度肯定。“文学豫军”成为对当代河南作家及创作的最好总结和称谓，此后被文学评论界广泛应用。以省份、城市划分和描述作家的做法在后新时期十分常见，文坛开始对作家群体的属地特征做出明确的认证。“文学鲁军”“文学陕军”“文学湘军”“文学鄂军”等概念纷纷叫响，不同省份的作家俨然组成了一支支阵容齐整、作风鲜明的集团军，以团结一致的姿态寄希望于在当代文学的“战场”中赢得集体性的荣光。除了同地域作家之间相互声援外，同地域的作家与批评家也构成了积极的互动关系。批评家密切关注“同乡”作家的创作动态，给予及时推介和评价，大大促进了作家作品知名度的提升。此外，作家积极借助媒体的力量，对创作团队进行包装和推介。总的来说，以地域为划分依据的文学集团军的出现，充分反映了作家创作活动的个体性与团体性的互动关系，有利于形成作家间相互促进的创作场域，也有利于地方文学向更高层次发展。

长篇小说在后新时期的艺术贡献不可小觑，但是这一时期诞生的很多长篇小说受社会整体氛围影响具有突出的消费性、市场性特征。从体量上看，长篇小说具备直接转化为商品的先天优势，更显现出强大的经济属性。对作家来说，按字取酬会刺激他们将作品越写越长，从而一些作家为了经济收入而专攻“大部头”作品，但页码的厚度不等于思想的厚度，作品的长度不等于艺术的高度，精品意识仍是作家需要加强的方面。从读者这方面看，长篇小说充沛的“故事性”“戏剧性”势必吸引众多读者阅读，也容易在读者中引起强烈反响。从持续性的社会影响和经济效益角度考量，长篇小说最容易被改编成影视作品在社会上广泛传播。总之，后新时期长篇小说创作的成就和不足值得我们辩证地、全方位地去看待。

散文也是后新时期表现突出的一种文体。在新时期文坛上，散文创作界较为沉寂，表现平平。但是进入后新时期，在没有官方刻意组织策划的情况下，散文逐渐迎来繁盛局面，社会上出现了引人注目的“散文热”现象。这一时期的“散文热”大致体现在以下几个方面：

一是参与散文创作的作家人数增多，尤其名家大家增多。汪曾祺、王蒙、刘心武、张中行等老一辈的创作仍然保持着较高的品位，而很多新时期在小说创作方面取得成就的作家也纷纷转向散文随笔创作，如张承志、韩少功、张炜、史铁生、余华等。二是散文类型增多。学者散文异军突起是后新时期中国散文创作的最大特征之一。学者散文作家往往具有深厚的学养，对历史、社会、文化等各方面有较为透彻的认识。学者散文内容往往集知识性、思辨性、趣味性于一身，具有历史深度和思想厚度，深入浅出、意蕴充沛。以日常生活为书写对象的散文也吸引了一批读者，这类散文文风平易晓畅，浅白易懂，贴近普通人生活，契合当代大众的文化心理。三是散文的发表平台增多，各类文学刊物和报纸副刊几乎都辟有散文专栏，专业散文刊物也纷纷创办，比较有代表性的是1992年创刊的《美文》杂志，起初定位为“大散文”月刊，2001年改为半月刊。所谓“大散文”，一是指散文要有大境界，反对把散文变成一种“小摆设”，二是强调各类题材都可以进入散文创作。《美文》上半月刊内容主要面向成年读者，下半月刊内容主要面向青少年读者。四是各类散文书系、汇编、选本层出不穷，如浙江文艺出版社的“现代散文全编”系列，百花文艺出版社的“百花散文书系”，中国社会科学出版社的“世界散文随笔精品文库”、汉语大词典出版社的“海派小品集丛”等。五是普通读者对散文作品的阅读需求越来越大，散文随笔集成为文学类畅销书，成为大众读者的枕边书，成为人们工作之余参悟人生、怡养性情的通俗读物。

从地域来看，后新时期西部散文及少数民族地区散文表现突出，创作阵容强大，张承志、周涛、贾平凹、马丽华、刘亮程、鲍尔吉·原野等显示了强劲的创作势头，他们中兼有汉族作家和少数民族作家，作品展现了多民族国家丰富多样的自然景观、风土人情与文化心理。在《美文》杂志提出的“大散文”概念的引领下，具有思想高度、民族风范以及艺术感染力的作品纷纷涌现，如张承志的《荒芜英雄路》《清洁的精神》《牧人笔记》《鞍与笔》《以笔为旗》，周涛的《稀世之鸟》《游牧长城》《兀立荒原》，马丽华的《藏北游历》《西行阿里》《灵魂像风》，刘亮程的《一个人的村庄》，马步升的《一个人的边界》，鲍尔吉·原野的《善良是一棵矮树》等。在这些作品中，作家的视野并不拘于有限的地理范围，而是非常开阔，他们有意识地与同时期纤细化、物欲化、猎奇式的散文文风予以区别，弘扬了博大精深的中华优秀文化，赞颂了中华民族生生不息的奋斗精神，体现了理想性、超越性的美学风范、精神气度与价值取向。

四、大众文化发展与通俗文学的繁荣

后新时期最突出的文化现象是“大众文化”的崛起，大众文化的崛起深刻影响了后新时期文学发展的整体面貌。在新民主主义革命年代里，“人民”与“大众”的含义基本重合，分享着共同所指：以工农兵为代表的广大无产阶级群体，中国新民主主义革命的主力军。“大众”一词的含义发生了某种变化，或者说与人民概念相区分，主要发生在“文革”结束以后的新时期，尤其在90年代以后，大众文化或大众文学已然彻底脱离新民主主义革命时期的语境，与人民文学拥有了不同的所指。改革开放以后，在西方思想传入的过程中有两种思潮诱发大众文化和大众文学的盛行：一是以法兰克福学派为代表的西方马克思主义思潮，二是西方现代性乃至后现代性思潮。前者为我们带来了“大众文化”的概念，后者广泛而深刻地影响这一概念在中国的传播和接受。“大众文学”的含义发生了变化，即由工农兵文学向由文化工业衍生的大众文化背景下的文学转型。

在大众文化语境中，文学不再是一个相对独立、边界分明的领域，它的疆域不断拓宽，涵盖面越来越广，包容度越来越大，文学体裁与题材不断丰富，文学从业者数量激增，文学功能愈发多样化，文学传播途径不断拓宽。具体来看，有以下一些表现：

第一，文学的输出方式越来越多样化，其中影视文学作品的繁荣是最突出的表征。影视文学作品尤其是电视剧在内容题材、思想容量、传播渠道、接受群体等方面都是最接近于通俗文学的。一系列原创或由文学作品改编的电视剧热播，在观众中引起强烈反响，如《渴望》(1990 年)、《编辑部的故事》(1991 年)、《三国演义》(1994 年)、《北京人在纽约》(1994 年)、《孽债》(1995 年)、《还珠格格》(1998 年)等。总体上看，这些热播电视剧主题积极向上、意蕴丰富、题材多样、制作精良，满足了不同年龄、不同身份、不同文化层次的观众的审美需求。

第二，文学作品的功能越来越丰富。随着经济的飞速发展，人们的物质生活不断改善，对精神生活的需求越来越强烈。文学作品不再是少数专业读者及文学研究者的专属品，而是获得越来越多普通百姓的阅读和欣赏。读者的构成十分复杂，阅读需求多种多样，因此文学所发挥的作用也就相应增多。对从事专业文学研究和阅读的人士来说，精英文学作品仍然是其重点关注的对象，精英文学的思想含量及艺术追求对精英知识分子的精神及心灵的涵养作用依旧显著。对文化层次及精神需求相对较低的广大人民群众来说，他们对通俗文学类读物及其衍生的影视作品的需求量激增，对作品的艺术品质要求也在不断提升，文学作品的休闲、消遣、娱乐功能得到彰显。

第三，文学传播途径不断拓宽。纸质文学作品广泛出现于各类书店、图书馆、出租书屋、书报亭等，通过零售、借阅等各种形式进行流通，读者个人与文学作品之间建立了越来越多的对接渠道。随着人民物质生活水平的不断提高，家庭电视机保有量不断攀升，人们观影、看戏的渠道也不断增多，文学作品越来越多地通过改编走进电视、电影院、剧院等，以灵活多样的形式进入百姓日常生活。到了 90 年代末，随着互联网在大陆的兴起，网络也开始成为文学传播的一条重要途径。中国网络文学在后新时期的尾声迎来了良好的开局和发展。1991 年被很多人视作中文网络文学元年，但这仅是针对海外中文网络文学而言的，以语言而非地域为标准，因此这时的“中文网络文学”还不能替换为“中国网络文学”。四名留学生在美国建立的“中国电脑新闻网络”（China News Digest）于 1991 年 4 月 5 日创办了世界上首份中文网络杂志《华夏文摘》，表现了日益增多的海外中国留学生和海外华人对母语文化、文学的认同和渴望，当然它还不能算一份纯粹的网络文学刊物，因为其中还包括不少经济、社会等方面的内容。少君发表于《华夏文摘》上的《奋斗与平等》目前被认为是全球第一篇网络小说。1994 年 2 月，方是民在美国创办了第一份中国网络刊物《新语丝》。此后，1995 年，诗阳、鲁鸣等人创办了第一份网络中文诗刊《橄榄树》。1998 年，台湾作家蔡智恒以痞子蔡为笔名，在 BBS 上发表中文网络小说《第一次的亲密接触》，中国大陆读者主要是通过 1999 年出版的纸质图书阅读了这部小说。这部小说引起巨大反响，被各大网站争相转载，对此后网络文学的发展起到重要推动作用。经历了后新时期的准备和酝酿，中国网络文学步入新世纪以后进入全面开花结果的时期。

第四，港澳台通俗文学风靡。文学领域的开放，不仅包括中国对世界其他各个国家的开放，也包括中国内地对港澳地区、大陆对台湾地区的开放。港澳台文学全面传入内地及大陆，是后新时期非常突出的文学现象。小说、散文、诗歌等各种体裁的文学作品均引发巨大反响，受到追捧最多的作品多属通俗文学范畴，尤其以武侠小说和言情小说为最。在新时期，文化部等有关部门对武侠小说还持较为保守的态度。1985 年 3 月，文化部下达《关于当前文学作品出版工作中若干问题的请示报告》（文出字［85］第 432 号文）明确规定新武侠（包括港、台新武侠）小说、旧小说以及据此改编的连环画，须专题报告文化部出版局批准后方能出版。5 月，文化部出版局又发出通知，对新武侠类图书的征订发行、选题补报提出严格要求。6 月，文化部发出《重申从严控制新武侠小说的通知》（文出字［85］第 962 号文），指出新武侠类小说不利于社会主义精神文明建设，应从严控制其出版。从总体上看，虽然新武侠小说从 80 年代开始在民间流行，但是文化主管部门对其基本采取一种较为警惕和排斥的态度。这种现象在进入 90 年代以后发生了明显改观。

金庸是武侠小说代表作家，作品最先在香港产生影响，继而流布至东南亚地区，广受欢迎。20 世纪 70 年代，中国大陆开始出现金庸作品，直到 90 年代才有全套正式授权版在大陆发行。金庸武侠小说将中国通俗文学提升到一个新境界："他既保持了传统章回形式'文备众体'的一贯特点，又做出了符合现代阅读的弹性改变；既在作品中坚持善恶是非分明的价值传统，又为表达分明的具体价值观念带来新的时代内容；既继承了表达平易、绝无欧化弊端的白话文风格，又使白话文与时俱进，达到新境界；既秉承了传统武侠小说的题材形式，又极大地拓展了武侠题材的表现空间。这些都是他对本土文学传统的继承和发展，他的贡献使他成为本土文学传统在 20 世纪的集大成者。"① 金庸武侠小说虽属通俗文学之列，但却日益引起大陆学院派研究者和批评家的关注，北京大学就有严家炎、陈平原等知名学者对此进行研究，这也从侧面反映了后新时期以来雅俗文学合流的趋势，昭示了通俗文学作品在新的文学语境中经典化的可能性。除了武侠小说，梁凤仪、亦舒、琼瑶等言情小说作家也声名鹊起，很多作品被改编成电视连续剧播放，获得很高的收视率。

综上所述，后新时期文学事业的整体发展被纳入市场经济发展的整体布局之中，文化产业迅速壮大。在市场经济条件下，作家虽然面临挑战，但也迎来了绝佳的机遇。很多作家调整自我定位、作品价值取向以及对读者的预期，对作品社会效益和经济效益之间的关系也做出新的考量。总之，作家开始以转型的姿态追随新的社会历史条件下文学与文化繁荣发展的趋势，使得后新时期文学具有很多新的特征，文学事业与文化产业发展对全社会经济发展所起到的促进作用越来越明显。精英文学与通俗文学之间不再像新时期那样壁垒分明，通俗文学的地位有所提高，一些原本专事精英文学创作的作家开始涉足通俗文学，而一些通俗文学作家则尝试借鉴精英文学的价值观和艺术观来提高作品的思想艺术品位。

① 南志刚. 中国当代文学史料丛书·通俗文学史料卷. 杭州：浙江大学出版社，2017：348.

后新时期社会整体氛围平和稳定，主流意识形态对大众文化的包容性强，多元文化齐头并进，为作家提供了自由宽松的创作环境，作家的主观能动性得到充分发挥，诞生了很多具有经典意义的精品力作以及不拘一格的新人新作。

第三章　承续与新变：新世纪文学综论

一、新世纪之初党的文艺方针政策新进展

进入新世纪以来，党对文艺工作的领导以及颁布的文艺方针政策与此前相比，既有一脉相承之处，又具有与时俱进的突出特点，能站在新的历史方位，总结过去一段时间文艺事业发展的经验，对文艺事业未来发展提出新要求。

2001 年 12 月 18 日，中国文联第七次全国代表大会、中国作协第六次全国代表大会在北京人民大会堂开幕，这是进入新世纪以来中国文学艺术工作者的首次盛会。这次会议的目的是进一步团结和动员广大文学艺术工作者，为建设有中国特色社会主义文化，为推进现代化建设、实现中华民族的伟大复兴而继续奋斗。

在这次大会上，江泽民同志发表了题为《文艺是民族精神的火炬》的讲话。讲话回眸了 20 世纪中国走过的不平凡历程和中国社会发生的翻天覆地的变化，展望了 21 世纪中国发展的美好前景，肯定了文艺工作对继承、弘扬、培育民族精神所发挥的积极意义，重申了文艺的人民性与时代性。

这次讲话与90年代社会主义精神文明建设、发展和繁荣社会主义先进文化的主题一脉相承，都将文艺工作视为精神文明建设与发展繁荣社会主义先进文化的重要抓手，将文艺工作者视作其中的重要推动力量。① 讲话一方面继承毛泽东、邓小平等人的文艺思想，另一方面也紧密结合了90年代以来中国社会的新发展新变化，对新世纪文艺工作的发展谋划了新目标，提出了新要求，体现了党的第三代中央领导集体对文艺工作的重视。

2002年11月8日至14日，中国共产党第十六次全国代表大会在北京召开，这是党在21世纪召开的第一次全国代表大会。江泽民同志做了题为《全面建设小康社会，开创中国特色社会主义事业新局面》的报告，提出文化建设和文化体制改革的战略任务。

2006年10月11日，党的十六届六中全会通过《中共中央关于构建社会主义和谐社会若干重大问题的决定》，这是对构建社会主义和谐社会具有重大指导意义的纲领性文件，反映了建设富强、民主、文明、和谐的社会主义现代化国家的要求。随后，2006年11月10日，中国文联第八次全国代表大会、中国作协第七次全国代表大会在北京人民大会堂开幕。胡锦涛同志发表讲话指出："不久前召开的党的十六届六中全会，对构建社会主义和谐社会作出了全面部署。……繁荣社会主义先进文化，建设和谐文化，为构建社会主义和谐社会作出贡献，是现阶段我国文化工作的主题。"②

胡锦涛同志肯定了文艺工作在各个历史时期所发挥的重要作用和所具备的重大意义。他指出，文艺工作是党和人民事业的重要组成部分，在党和人民事业发展中具有十分重要的地位。无论是在血雨腥风的革命战争年代，还是在如火如荼的和平建设时期，我国广大文艺工作者在党的领导下，响应人民和时代的召唤，高擎民族精神火炬，吹响时代进步号角，通过各种艺术形式讴歌人民、昭示光明、凝聚力量、鼓舞人心，激励亿万人民为民族独立、人民解放和国家富强、人民幸福而不懈奋斗，发挥了不可

---

① 江泽民. 江泽民文选：第3卷. 北京：人民出版社，2006：398-406.

② 中共中央文献研究室. 十六大以来重要文献选编：下. 北京：中央文献出版社，2008：753.

替代的重要作用。他指出，进入改革开放和社会主义现代化建设的历史新时期以来，我国各族人民团结奋进，中国特色社会主义事业蓬勃发展，为我国文艺事业繁荣发展注入了强大动力、开辟了广阔空间。广大文艺工作者以昂扬的精神状态、出色的艺术劳动，热情歌颂全国各族人民的伟大实践，我国文艺各个门类百花竞放、异彩纷呈，文艺氛围更加融洽和谐，文艺创作更加积极活跃，文艺队伍更加意气风发，形成了大团结、大繁荣、大发展的生动局面。

他指出，文艺历来是陶冶人们道德情操、抒发人类美好理想、丰富人们艺术享受、推动社会发展进步的一个重要领域。文化的力量，深深熔铸在民族的生命力、凝聚力、创造力之中。他肯定了 5 000 年来中华民族在文艺发展方面取得的辉煌成就，认为各个历史时期的优秀文艺作品描绘了我国人民壮阔而又艰辛的奋斗历程，展示了我国人民细腻而又丰满的艺术情趣，记录了我国人民充实而又多彩的社会生活，是中华文化宝库中的瑰宝。他认为，这些瑰宝所折射出的中华民族生生不息、绵延不绝的优秀文化，是我国人民几千年来克服艰难险阻、战胜内忧外患、创造幸福生活的强大精神力量。每一个中华儿女都应为我们伟大的民族拥有这样源远流长、博大精深的文化而感到自豪。

他阐述了发展社会主义先进文化的重要意义，指出要实现我国社会主义现代化建设和中华民族伟大复兴的宏伟目标，必须大力加强文化建设，坚持用社会主义先进文化引领全国各族人民奋勇前进。他指出，发展社会主义先进文化，是建设中国特色社会主义的应有之义，是马克思主义政党思想精神上的旗帜，是推动我国经济社会发展的必然要求，是实现中华民族伟大复兴的显著标志。

他强调了繁荣社会主义先进文化与构建社会主义和谐社会之间的关系。要更好地构建和谐社会，就必须在社会主义先进文化引领下，大力建设和谐文化，广泛动员人民群众投身和谐社会建设。和谐文化既是和谐社会的重要特征，也是实现社会和谐的精神动力。他指出，现阶段我国文化工作的主题是繁荣社会主义先进文化，建设和谐文化，为构建社会主义和谐社会做出贡献。他指出，要完成这项光荣而重大的任务，就必须坚持正确的指导思想，要坚持以马克思列宁主义、毛泽东思想、邓小平理论和“三个代表”重要思想为指导，全面贯彻落实科学发展观，促进经济社会协调发展，促进人的全面发展；要加强社会主义思想道德建设，弘扬以爱国主义为核心的民族精神和以改革创新为核心的时代精神，形成符合传统美德和时代精神的道德规范和行为规范；要坚持为人民服务、为社会主义服务的方向和百花齐放、百家争鸣的方针，弘扬主旋律、提倡多样化，大力发展先进文化，支持健康有益文化，努力改造落后文化，坚决抵制腐朽文化，促进全社会形成积极向上的共同精神追求。

他指出，繁荣社会主义先进文化，建设和谐文化是我国广大文艺工作者的庄严使命。各方面的文艺工作者，都应该坚持先进文化的前进方向，按照建设和谐文化的要求，自觉投身亿万人民创造幸福生活和美好未来的伟大实践，用自己熟悉和擅长的文艺形式，努力生产出为人民群众喜闻乐见的文艺作品，努力创作出符合时代要求的精品力作，积极推进我国文艺创新和繁荣，为全面建设小康社会、构建社会主义和谐社会做出自己的贡献。这是党和人民的期待，也是时代的召唤。

他强调文艺工作在繁荣社会主义先进文化、建设和谐文化中扮演的重要角色，并对文艺工作者提出具体要求：第一，要担当起时代赋予的神圣使命，积极投身讴歌时代的文艺创造活动，在时代进步的伟大实践中汲取创作灵感，注重反映和引导人民创造历史的壮阔活动，与时代同步伐，踏准时代前进的鼓点，回应时代风云的激荡，领会时代精神的本质。第二，要密切同人民群众的血肉联系，积极反映人民心声。第三，要大力发扬创新精神，积极开拓文艺的新天地。第四，要做到德艺双馨，积极履行人类灵魂工程师的职责。

他强调党对文艺工作的领导，指出各级党委要高度重视文艺事业，把加强和改善党对文艺工作的领导作为提高党的执政能力的重要内容，热心服务，大力支持，不断提高领导文艺工作的能力和水平。要全面贯彻党的文艺方针政策，充分发扬艺术民主和学术民主，坚持社会责任和创作自由的统一、弘扬主旋律和提倡多样化的统一，加强调查研究，不断认识和掌握文艺规律，尊重文艺工作者的创造性劳动，以符合文艺规律的方式领导文艺工作。他强调要积极推进马克思主义文艺理论研究，充分发挥文艺批评的作用，为繁荣社会主义文艺营造良好氛围；要重视发挥文艺界人民团体的作用，密切同广大文艺工作者的联系，政治上充分信任，创作上热情支持，生活上真诚关怀，努力成为他们的贴心人；要制定规划、完善政策、增加投入、改善条件，深化文化体制改革，积极扶持和表彰奖励优秀文艺人才和文艺作品，形成优秀人才脱颖而出的良好机制，特别是要积极培养德艺双馨的文艺大师，努力造就一支老中青相结合的浩浩荡荡的文艺大军。

最后，他对中国文联、中国作协的工作提出要求，要求文联和作协围绕中心、服务大局，坚持正确的文艺方向，发挥自身优势，履行好联络协调服务职能，起好桥梁纽带作用。随着社会主义市场经济体制不断完善和对外开放不断扩大，随着科技进步日新月异，文艺观念、文艺创作方式、文艺队伍构成发生了深刻变化，文艺的生产、服务、传播、消费形式日益多样化。面对新情况新问题，他建议各级文联、作协要努力探索适应社会主义市场经济体制、符合文艺发展规律和人民团体特点的管理体制、运行机制、组织形式、活动方式，不断加强行业服务、行业管理、行业自律，依法维护文艺工作者的权益，广泛团结各方面各领域的文艺工作者，把文联、作协办成文艺工作者之家。他希望各级文联、作协要采取多种形式组织文艺工作者深入生活、服务基层，积极指导和推动群众性文艺活动。他还建议要加强对外交流，推动中华文化走向世界，更好地向世界展示中华文化。

2007 年 10 月 15 日到 21 日，党的十七大在北京召开。胡锦涛同志做了题为《高举中国特色社会主义伟大旗帜　为夺取全面建设小康社会新胜利而奋斗》的报告。报告强调，中华民族伟大复兴必然伴随着中华文化繁荣兴盛，要更加自觉、更加主动地推动文化大发展大繁荣，提高国家文化软实力。2011 年 10 月 18 日，党的十七届六中全会通过《中共中央关于深化文化体制改革、推动社会主义文化大发展大繁荣若干重大问题的决定》，胡锦涛同志还在十七届六中全会第二次全体会议上做了题为《坚定不移走中国特色社会主义文化发展道路　努力建设社会主义文化强国》的报告。

十七届六中全会的中心议题是“社会主义文化建设”，文艺工作作为文化事业的重要组成部分，文艺工作者作为社会主义文化建设的生力军，也必须响应中央决策部署，有所行动、有所作为。

2011 年 11 月 22 日，中国文联第九次全国代表大会、中国作协第八次全国代表大会开幕，胡锦涛同志发表讲话。他指出：“前不久，我们党召开了十七届六中全会，强调要坚持中国特色社会主义文化发展道路，深化文化体制改革，推动社会主义文化大发展大繁荣，努力建设社会主义文化强国。”① 他对广大文艺工作者提出四点希望：“始终坚持正确方向”“始终坚持以人为本”“始终坚持锐意创新”“始终坚持德艺双馨”②。讲话最后，他仍然强调党对文艺工作的领导，强调文联和作协的桥梁和纽带作用，号召全国广大文艺工作者团结一心、开拓进取，为推动社会主义文化大发展大繁荣、建设社会主义文化强国，为全面建设小康社会、实现中华民族伟大复兴做出新的更大的贡献。总的来说，胡锦涛同志的这次讲话基本延续了上一届文代会、作代会讲话精神，将文艺工作的发展、文艺工作者的历史使命与社会主义文化事业的发展紧密联系在一起。

二、习近平总书记关于新时代中国特色社会主义文艺的重要论述诞生

习近平总书记关于新时代中国特色社会主义文艺的重要论述，是习近平新时代中国特色社会主义思想的重要组成部分，是党的十八大以来马克思主义文艺理论中国化的最新理论成果，是指导新时代中国文艺事业发展的纲领性文件。习近平总书记关于新时代中国特色社会主义文艺的重要论述主要体现在《在文艺工作座谈会上的讲话》（2014 年）、《在中国文联十大、中国作协九大开幕式上的讲话》（2016 年）等文件中。

---

① 中共中央文献研究室．十七大以来重要文献选编：下．北京：中央文献出版社，2013：616.

② 同①617-620.

中国特色社会主义文艺学的探索历程，主要经历了三次比较大的理论研究热潮。第一次是在20世纪50年代中后期，主要是在毛泽东文艺思想的基础上，探索适合中国国情的社会主义文艺学的发展方向和道路，形成了许多重要的、独创性的理论成果，中国化的马克思主义文艺学初具规模。第二次研究热潮出现在20世纪80年代，这次研究的热潮不仅带有拨乱反正、总结“文革”教训的性质，而且伴随着改革开放的不断推进，形成了中国特色社会主义文艺理论的形态与面貌，为改革开放以来的文艺发展提供了理论支撑。第三次研究热潮的出现是在党的十八大之后，特别是在习近平总书记发表《在文艺工作座谈会上的讲话》以后。讲话根据国内外形势发生的巨大变化，高屋建瓴地分析了近几十年来文艺工作的成败得失，透辟深刻地总结和提炼了我国文艺实践的基本规律和经验，充满自信地开拓了新时代中国特色社会主义文艺学说的新领域和新境界，从而把中国化马克思主义文艺理论推向了一个新的阶段。①

党的十八大以来，中国特色社会主义进入“新时代”，以习近平同志为核心的党中央带领全国各族人民在实现中华民族伟大复兴中国梦的道路上取得举世瞩目的成就，文艺事业也取得喜人成绩。2014年10月15日，习近平总书记在京主持召开文艺工作座谈会，这是一次在党领导文艺工作的实践中具有划时代意义的盛会，是改革开放40年来乃至新中国建立以来，党和国家最高领导人首次单独就文艺工作组织召开的座谈会，体现出新一届党和国家领导人对文艺工作的极端重视，这次座谈会的召开也给予文艺工作者极大鼓舞，提振了文艺工作者的士气。习近平同志在这次会议上的讲话阐述了五个方面的问题。

第一，实现中华民族伟大复兴需要中华文化繁荣兴盛。在这一部分中，习近平同志对文艺事业的地位、角色、目标、任务、作用等问题做了概括。他首先指出要从实现“两个一百年”奋斗目标、实现中华民族伟大复兴的中国梦的角度，来看文艺和文艺工作的重要地位和作用。要想实现中华民族伟大复兴中国梦，必须高度重视和充分发挥文艺和文艺工作者的重要作用。他指出，文化是民族生存和发展的重要力量，古往今来，中华

① 董学文. 习近平文艺思想对马克思主义文艺理论的贡献. 中国高校社会科学，2018（3）.

民族之所以在世界上有地位、有影响，靠的是中华文化的强大感召力和吸引力。

他指出，文艺是时代前进的号角，最能代表一个时代的风貌，最能引领一个时代的风气。这一论断准确地把握了文艺与时代的紧密联系，深刻解释了文艺在倾听时代声音、展现时代精神、推动时代进步中的独特作用和重要意义。实现伟大事业需要伟大精神，文艺的作用不可替代，文艺工作者大有可为，要充分认识自己所担负的历史使命和责任。他指出，要改造国人的精神世界，首推文艺，我国的作家、艺术家应该成为时代风气的先觉者、先行者、先倡者，通过更多有筋骨、有道德、有温度的文艺作品，书写和记录人民的伟大实践、时代的进步要求，彰显信仰之美、崇高之美，弘扬中国精神、凝聚中国力量，鼓舞全国各族人民朝气蓬勃迈向未来。

第二，创作无愧于时代的优秀作品。习近平总书记抓住了推动文艺繁荣发展问题的根本以及文艺工作的中心环节，即创作生产出无愧于我们这个伟大民族、伟大时代的优秀作品。何为无愧于伟大民族、伟大时代的优秀作品？即传播当代中国价值观念、体现中华文化精神、反映中国人审美追求，思想性、艺术性、观赏性有机统一的，具有“龙文百斛鼎，笔力可独扛”之势的作品。他以全面辩证的态度理解“优秀”二字：优秀作品并不拘于一格、不形于一态、不定于一尊，既要有阳春白雪也要有下里巴人，既要顶天立地也要铺天盖地。只要有正能量、有感染力，能够温润心灵、启迪心智，传得开、留得下，为人民群众所喜爱，这就是优秀作品。

他指出，改革开放以来我国文艺创作迎来了新的春天，产生了大量脍炙人口的优秀作品；同时他也一针见血地指出，在文艺创作方面，存在着有数量缺质量、有“高原”缺“高峰”等各种各样的不良现象。这些现象究其根本，就是文艺在市场经济大潮中迷失了方向，在为什么人的问题上发生了偏差。他指出，浮躁是当前文艺界存在的最突出的问题，文艺要赢得人民认可，就不能搞花拳绣腿、投机取巧、沽名钓誉、自我炒作、溢美捧杀等。

他强调文艺创作要树立精品意识，精品之所以“精”，就在于其思想精深、艺术精湛、制作精良。古往今来，文艺巨制无不是志存高远、耐得住寂寞、厚积薄发的结晶，文艺魅力无不是内在充实的显现。凡是传世之作、千古名篇，必然是笃定恒心、倾注心血的作品。他以福楼拜创作《包法利夫人》和曹雪芹创作《红楼梦》为例，指出只有具备孜孜以求、精益求精的精神，才能打造出好的文艺作品。

他将创新视为文艺的生命，认为文艺创作中出现的一些问题，同创新能力不足有很大关系。他指出要把创新精神贯穿文艺创作生产全过程，增强文艺原创能力。要坚持百花齐放、百家争鸣的方针，发扬学术民主、艺术民主，营造积极健康、宽松和谐的氛围，提倡不同观点和学派充分讨论，提倡体裁、题材、形式、手段充分发展，推动观念、内容、风格、流派切磋互鉴。

他指出，要努力造就一批德艺双馨的、有影响的各领域文艺领军人物，艺术家自身的思想水平、业务水平、道德水平是根本，在发展社会主义市场经济条件下，要处理好义利关系，认真严肃地考虑作品的社会效果，努力以高尚的职业操守、良好的社会形象、文质兼美的优秀作品赢得人民喜爱和欢迎。他指出，要适应形势发展用全新眼光看待新的文艺群体，要扩大工作覆盖面，延伸联系手臂，团结吸引新型创作群体，引导他们成为繁荣社会主义文艺的有生力量。

第三，文艺的服务对象即为什么人的问题。习近平总书记指出，社会主义文艺，从本质上讲，就是人民的文艺，必须坚持以人民为中心的创作导向，在深入生活、扎根人民中进行无愧于时代的文艺创造。人民既是历史的“剧中人”、也是历史的“剧作者”，牢固树立马克思主义文艺观，坚持为人民服务、为社会主义服务的根本方向，是决定我国文艺事业前途命运的关键。怎样才算做到以人民为中心呢？就是要把满足人民精神文化需求作为文艺和文艺工作的出发点和落脚点，把人民作为文艺表现的主体，把人民作为文艺审美的鉴赏家和评判者，把为人民服务作为文艺工作者的天职。

他接下来具体分析了文艺与人民之间水乳交融、不可分割的关系。其一，人民需要文艺。人民的需求是多方面的，人民对精神文化生活的需求时时刻刻存在。其二，文艺需要人民。他强调人民是文艺创作的源头活水，一旦离开人民，文艺就会变成无根的浮萍、无病的呻吟、无魂的躯壳。能不能搞出优秀作品，最根本的取决于是否能为人民抒写、为人民抒情、为人民抒怀。他以柳青为例，指出作家在情感及行动上与人民群众相通的必要性。柳青为了深入农民生活，1952 年曾经任陕西长安县县委副书记，后来辞去了县委副书记职务、保留常委职务，并定居在当地的皇甫村，蹲点 14 年，集中精力创作《创业史》。因为他对陕西关中农民生活有深入了解，所以笔下的人物才那样栩栩如生。其三，文艺要热爱人民。他以现代文豪鲁迅以及当代河北作家贾大山为例，指出文艺工作者要想有成就，就必须自觉与人民同呼吸、共命运、心连心。他指出，热爱人民要有深刻的理性认识和具体的实践行动。他强调文艺的一切创新，归根到底都直接或间接来源于人民。文艺创作方法最根本、最关键、最牢靠的办法是扎根人民、扎根生活。要从象牙塔走进生活深处，在人民中体悟生活本质、吃透生活底蕴。只有把生活咀嚼透了，完全消化，才能变成深刻的情节和动人的形象，创作出来的作品才能激荡人心。

文学作品应该如何面对社会上的丑恶现象？他指出，文艺创作如果只是单纯记述现状、原始展示丑恶，而没有对光明的歌颂、对理想的抒发、对道德的引导，就不能鼓舞人民前进。应该用现实主义精神和浪漫主义情怀观照现实生活，用光明驱散黑暗，用美善战胜丑恶，让人们看到美好、看到希望、看到梦想就在前方。

谈到如何评价作品优劣的问题，他指出一部好的作品，应该是经得起人民评价、专家评价、市场检验的作品，应该是把社会效益放在首位，同时也应该是社会效益和经济效益相统一的作品，当两个效益、两种价值发生矛盾时，经济效益要服从社会效益，市场价值要服从社会价值。

他指出文艺创作既要放眼世界，也要立足中国，中国人民极为丰富的生产生活，为文艺创作提供了极为肥沃的土壤，只要与人民同在，就一定能从祖国大地母亲那里获得无穷的力量。

第四，中国精神是社会主义文艺的灵魂。这一部分习近平同志一方面强调文艺的民族性，号召弘扬社会主义核心价值观，继承和发扬中华民族优秀传统文化，坚持和弘扬中国精神；另一方面也强调吸收外来的重要性，提倡学习借鉴世界优秀文化成果，坚持洋为中用、开拓创新，做到中西合璧、融会贯通。

他强调文艺在培育和弘扬社会主义核心价值观方面具有独特作用。他肯定了改革开放以来我国经济发展取得的成果，也谈到发展过程中出现的一系列问题，比如一些人价值观缺失，观念没有善恶，行为没有底线，没有国家观念、集体观念、家庭观念，是非不分，浑浑噩噩，穷奢极欲等，这些问题如果得不到有效解决，改革开放和社会主义现代化建设就难以顺利推进。他指出，广大文艺工作者要高扬社会主义核心价值观的旗帜，充分认识肩上的责任，把社会主义核心价值观生动活泼、活灵活现地体现在文艺创作之中，用栩栩如生的作品形象告诉人们什么是应该肯定和赞扬的，什么是必须反对和否定的。

他认为，爱国主义是常写常新的主题，当代文艺更要把爱国主义作为文艺创作的主旋律，引导人民树立和坚持正确的历史观、民族观、国家观、文化观，增强做中国人的骨气和底气。他认为，文艺作品应该追求真善美，让人动心，让人们的灵魂经受洗礼，让人们发现自然的美、生活的美、心灵的美。

他强调，文艺创作要有中华优秀传统文化的血脉，要增强文化自觉和文化自信，要结合新的时代条件传承和弘扬中华优秀传统文化、中华美学精神。他指出，传承中华文化应是古为今用、洋为中用，辩证取舍、推陈出新，摒弃消极因素，继承积极思想，实现中华文化的创造性转化和创新性发展。

第五，加强和改进党对文艺工作的领导。习近平总书记指出，党的领导是社会主义文艺发展的根本保证，党的根本宗旨与文艺的根本宗旨一致，都是全心全意为人民服务。加强和改进党对文艺工作的领导，一是要紧紧依靠广大文艺工作者，二是要尊重和遵循文艺规律。

他强调，各级党委要把文艺工作纳入重要议事日程，贯彻好党的文艺方针政策，把握文艺发展正确方向，选好配强文艺单位领导班子，尊重文艺工作者的创作个性和创造性劳动，政治上充分信任，创作上热情支持，生活上关心关怀，营造有利于文艺创作的良好环境。他对各级宣传文化部门、文联、作协等提出要求，要求各部门切实加强对文艺工作的指导和扶持、对文艺工作者的引导和团结。

他指出，文艺工作应与时俱进，因势而变，要通过深化改革、完善政策、健全体制，形成不断出精品、出人才的生动局面。

他还强调要高度重视和切实加强文艺批评工作。他对文艺批评工作的职责使命提出要求：要以马克思主义文艺理论为指导，继承创新中国古代文艺批评理论优秀遗产，批判借鉴现代西方文艺理论，打磨好批评这把“利器”，把好文艺批评的方向盘，运用历史的、人民的、艺术的、美学的观点评判和鉴赏作品，在艺术质量和水平上敢于实事求是，对各种不良文艺作品、现象、思潮敢于表明态度，在大是大非问题上敢于表明立场，倡导说真话、讲道理，营造开展文艺批评的良好氛围。

总的来说，习近平总书记在文艺工作座谈会上的讲话充满历史唯物主义和辩证唯物主义色彩，以马克思主义思想为指导，立足于人类社会历史发展大势，立足于中国的悠久历史和现实生活，立足于文艺自身发展规律，谈古论今，综览中西，讲话思想深刻，文风健劲，语言生动，内容丰富，涉及文艺事业发展的方方面面，有强烈的感染性和感召力。这一讲话是习近平新时代中国特色社会主义思想的重要组成部分，是习近平总书记关于新时代中国特色社会主义文艺重要论述的纲领性文件，是马克思主义文艺理论中国化的最新成果。这一讲话极大地鼓舞了文艺工作者的斗志，为中国特色社会主义文艺事业的未来发展指明了方向。

文艺工作座谈会召开将近一周年之际，2015 年 10 月 3 日《中共中央关于繁荣发展社会主义文艺的意见》（简称《意见》）出台，旨在落实习近平总书记在文艺工作座谈会上的重要讲话精神。《意见》分为六个部分：做好文艺工作的重大意义和指导思想，坚持以人民为中心的创作导向，让中国精神成为社会主义文艺的灵魂，创作无愧于时代的优秀作品，建设德艺双馨的文艺队伍，加强和改进党对文艺工作的领导。《意见》对讲话内容加以高度凝练，强化了讲话中的几个关键问题，有利于有关部门和各级单位明确工作重点方向，有针对性地抓好落实。

2016 年 11 月 30 日，中国文联第十次全国代表大会、中国作协第九次全国代表大会开幕。习近平总书记出席大会并发表重要讲话。他强调文艺为人民服务、为社会主义服务的“二为”方针，“文运同国运相牵，文脉同国脉相连。……广大文艺工作者要坚持以人民为中心的创作导向，坚持为人民服务、为社会主义服务，坚持百花齐放、百家争鸣，坚持创造性转化、创新性发展，高擎民族精神火炬，吹响时代前进号角，把艺术理想融入党和人民事业之中，做到胸中有大义、心里有人民、肩头有责任、笔下有乾坤，推出更多反映时代呼声、展现人民奋斗、振奋民族精神、陶冶高尚情操的优秀作品”①。

他强调文艺作品的时代性，指出文艺要反映时代精神，文艺工作者要把握时代脉搏，承担时代使命，聆听时代声音，勇于回答时代课题。他强调文艺作品的思想性，指出文艺工作者应培养和弘扬社会主义核心价值观，要歌唱祖国、礼赞英雄；他强调文艺工作者应有历史感，要结合史料进行文艺创作，要有“史识、史才、史德”②。

在讲话中，习近平总书记还对文艺工作者提出四点殷切期望：其一，希望大家坚定文化自信，用文艺振奋民族精神；其二，希望大家坚持服务人民，用积极的文艺歌颂人民；其三，希望大家勇于创新创造，用精湛的艺术推动文化创新发展；其四，希望大家坚守艺术理想，用高尚的文艺引领社会风尚。

党的十八大以来，以习近平同志为核心的党中央对文艺事业的重视一以贯之。2017 年 10 月 18 日，中国共产党第十九次全国代表大会在北京召开。习近平同志在十九大报告中庄严宣告：“经过长期努力，中国特色社会主义进入了新时代，这是我国发展新的历史方位。”指引这个新时代的理论，就是习近平新时代中国特色社会主义思想。那么就文艺领域来说，中国特色社会主义文艺也进入了新时代，其指导理论是习近平总书记关于新时代中国特色社会主义文艺的重要论述，体现在习近平总书记关于文艺工作的一系列讲话、文章中，内涵深刻，内容丰富，有理有据，对新时代中国特色社会主义发展尤其是文艺事业发展发挥重要指引作用。

---

①② 习近平．在中国文联十大、中国作协九大开幕式上的讲话．人民日报，2016-12-01.

在十九大报告中，习近平总书记特别谈到要繁荣发展社会主义文艺："社会主义文艺是人民的文艺，必须坚持以人民为中心的创作导向，在深入生活、扎根人民中进行无愧于时代的文艺创造。要繁荣文艺创作，坚持思想精深、艺术精湛、制作精良相统一，加强现实题材创作，不断推出讴歌党、讴歌祖国、讴歌人民、讴歌英雄的精品力作。发扬学术民主、艺术民主，提升文艺原创力，推动文艺创新。倡导讲品位、讲格调、讲责任，抵制低俗、庸俗、媚俗。加强文艺队伍建设，造就一大批德艺双馨名家大师，培育一大批高水平创作人才。"① 这段表述为新时代中国特色社会主义文艺的繁荣发展指明了目标、方向、路径。

十九大召开期间以及闭幕后，习近平总书记关于新时代中国特色社会主义文艺的重要论述得到越来越多研究者的关注和阐释。《人民日报》组织权威专家学者进行阐释，2017 年 10 月 20 日发表张江的《开辟新时代文艺之路》，文章指出："面对伟大的新时代，文艺何为，路在何方，如何为时代前进吹响更加嘹亮的号角，如何为人民书写更加壮美的篇章，这是当代中国文艺必须回答的重大课题。"文章还就伟大时代成就伟大文艺、以习近平总书记关于新时代中国特色社会主义文艺的重要论述为引领、谱写新时代复兴史诗等问题展开分析。此后，《光明日报》《文艺报》《中国高校社会科学》《文学评论》等国内各大主流媒体及学术刊物纷纷开辟专栏，刊载研究习近平总书记关于新时代中国特色社会主义文艺的重要论述的文章，取得了一定成果，但研究阐释还有待于走向深入。我们对习近平总书记关于新时代中国特色社会主义文艺的重要论述在马克思主义文艺理论长河中的坐标和作用，对其理论渊源、生成背景、主要内容、鲜明特征、精神实质、创新价值、时代意义等都还要进行更全面辩证的思考、更细致的梳理分析、更认真的凝练升华，以期接下来的研究更加聚焦于"经验的总结，理性的思考，学理的梳理，理论的说明，方法论的提炼"②，使得研究

---

① 习近平．决胜全面建成小康社会　夺取新时代中国特色社会主义伟大胜利：在中国共产党第十九次全国代表大会上的报告．北京：人民出版社，2017：43.

② 陈宝生．做教育系统党的理论创新研究排头兵、领头雁、桥头堡：在教育部习近平新时代中国特色社会主义思想研究中心专家委员会第一次工作会议上的讲话．中国高校社会科学，2018（2）.

成果真正能够做实做深。

三、新的文学类型蓬勃发展

中国文学进入新世纪尤其是新时代以来，展现出一派新气象、新形势，不仅在文艺理论建设方面硕果累累，而且在文学创作方面也在原有成就的基础上展现出许多新的特征，取得新的成绩，各种新的文学类型的蓬勃发展，比如网络文学、科幻文学、打工文学、职场文学、青春文学、校园文学等。这些新的文学类型与时俱进，适应了时代发展的新形势、新变化，集中体现了科技、文化、经济等各个社会领域的飞速发展状况，日益成为中国特色社会主义文艺事业的重要组成部分，满足了广大人民群众日益增长的精神文化需求和美好生活需要。

新世纪以来，网络文学的飞速发展及其产生的影响力已为世人所瞩目。习近平总书记在文艺工作座谈会上的讲话中指出："互联网技术和新媒体改变了文艺形态，催生了一大批新的文艺类型，也带来文艺观念和文艺实践的深刻变化。由于文字数码化、书籍图像化、阅读网络化等发展，文艺乃至社会文化面临着重大变革。要适应形势发展，抓好网络文艺创作生产，加强正面引导力度。"互联网的普及为中国网络文学发展提供了媒介基础；众多文学网站的建立和壮大为网络文学提供了创作平台；越来越多的作家、写手加入网络文学创作，使网络文学创作队伍得到建立和夯实；国家出台的一系列涉及网络文学的法律法规等，为网络文学健康发展奠定了政策及法律基础；大众阅读方式的改变扩大了网络文学的读者队伍；等等。总之网络文学繁荣是多方面因素综合作用的结果，是时代变迁的重要表征，反映了中国当代社会发展的必然趋势。

网络文学作品数量众多，涉及小说、散文、诗歌等各个文学体裁，其中最受广大网民追捧、拥有读者量最大的是小说，包括言情、都市、穿越、奇幻、仙侠、盗墓等众多类型。与此前的纸质文学相比，网络文学在虚幻美学方面具有更突出的表现力，比如《宫》《步步惊心》等穿越小说、

《花千骨》《三生三世十里桃花》等仙侠小说，都是在一种超现实、超时空的语境中展开叙事，昭示着一种“想象力的解放”。这类小说近年来方兴未艾，且屡屡被改编为电影、电视剧等，赢得大量粉丝，获得丰厚的市场回报。这类小说为何会广泛流行？对一种流行的文化现象和文学类型，我们不能以道德、伦理或美学霸权的态度，简单粗暴地贬低其文学价值并指摘大众读者的审美趣味，而是要深入思考和辨析这些作品内含的精神养分及读者潜在的文化心理需求。仙侠、玄幻、穿越等网络小说有哪些可圈可点之处呢？

首先，超越个体生命长度的有限性，具有理想主义、乐观主义色彩。在时间的无限延展中，在亿万年的时间跨度中，人的生命形成一条绵延不绝、周而复始的河流。尽管人物可能经历坎坷磨难，历经所谓一世的生死离别，但其实在穿越小说中没有真正、永诀的生命消逝，人物劫数历尽后总会赢得新生，无路可回的线性生命进程被打破了，望远即悲的虚无主义、终极局限也随之消弭。这类具有理想主义、乐观主义色彩的小说作为大众读者闲暇时间的阅读物，从阅读进程及故事结局来看，能够带给读者摆脱生命有限性束缚的温暖感、慰藉感、愉悦感，对读者精神生活的充实具有一定的积极意义。

其次，以丰沛的想象力和强大的叙事能力，超越现实生活的空间局限性，满足现代都市人渴望精神自由、空间自由的需求。大部分现实生活中的人的生活半径并不大，很多人的生命轨迹集中在一个国家、一座城市、一个区域甚至一处居所。在“宅”文化流行的现实世界里，人们偶尔远游，但大部分时间偏居一隅。在这样的生活处境中，人们对突出空间围障的渴求无形却又强烈。玄幻、穿越小说满足了人们的这种心理需求，提供了足不出户即可心骛八极、神游万仞的精神体验。人物在仙界凡间往复游走，且游走之中完成身份转换，小说以巨大的想象力，企图使故事情节具有审美超越性。目前甚至从穿越小说中发展出“快穿”小说，即主人公由于某种原因从其原本生活的年代离开，带着任务或系统，穿越到了另一个时代，展开一系列活动，结束之后再前往另一时空进行下一个活动。穿越频次、穿越空间的数量、身份转换速度都在提高。一种不确定性反倒激活了读者对无限性的向往。

再次，这类小说往往具有较为深厚的情感力量，能够触动人心，传递一定的正能量。玄幻小说大多饱含情感动力，以讲述爱情、亲情、友情等为主旨。从爱情书写来看，如小说《三生三世十里桃花》以男女情感历程为主线，以情感发展升华为叙事动力，内含着百转千回、至死不渝的爱情，其中也夹杂着相互亏欠、彼此折磨的“虐恋”，但是总能以有情人终成眷属告终。夜华、白浅之间生死轮回中不离不弃的爱情触动人心，激发读者情感共鸣。这种情感也是可以跨越代际、地域的具有普遍性意义的人类情感。在这一点上，精英文学现在反倒越来越缺少书写情与爱的动力和能力，一些精英作家善于揭露现实社会以及人性中的复杂性和黑暗面，力图以一种反思和批判精神展现其精英意识和启蒙意识，但是相比之下却不善于或不屑于去描写深情、挚爱、理想。从这个角度讲，网络玄幻小说自有其“正能量”所在。主人公对亲情的悉心呵护、对爱情的忠贞不渝、对师徒情的誓死捍卫、对友情的无悔坚守等无不折射出优秀传统文化中的正能量，这些书写有利于当代读者从中国优秀传统文化中汲取精神养料，更加坚定传统文化自信。

最后，深受中国传统文化影响，综合运用多种艺术手法与文学要素，充分吸收借鉴中国古典美学传统。从艺术手法来看，小说具有超现实主义、浪漫主义、唯美主义等特质；从文学要素来看，作家善于运用潜意识、梦境、记忆、遗忘等审美要素。很多穿越小说还大力挖掘本土文化、审美资源，暗含了向古典文学传统致敬的意味。比如《三生三世十里桃花》就是以远古神话《山海经》为蓝本，小说环境描写及氛围营造方面甚为用力，十里桃林纯美空灵，西海宫殿庄严宏伟，大荒四泽神秘莫测，具有典型的东方美学色彩，凸显了中国式的想象力。

当然，这类小说也引发了很多争议，不少来自学院或主流媒体的批评家就对这类作品存有质疑，批评焦点集中在这类作品现实性与人民性不足、历史意识模糊、思想深度缺失等方面。如果站在纯粹的现实主义美学立场上来评析，这类小说无疑存在很多与现实生活、历史真实不相兼容之处。那么我们如何审视这类网络文学作品的价值呢？如何解释虚构文学与现实世界的关系呢？能否突破“现实”之一维的限制，建立一个多维度的阐释框架呢？从“现实世界”视角转向“可能世界”视角，大概是我们面对这类作品时一条必要且可行的路径。“可能世界理论”广泛应用于叙事学、认知诗学、逻辑哲学等多个领域，20 世纪以来日益得到各国学者关注。在这里，我们仅从叙事学视角来思考以小说为代表的虚构文学的内在文本世界的界限。很多西方学者都指出文学虚构话语具有“施为性”，作家通过虚构言语行为“生产”或“创造”虚构作品、虚构世界。如希利斯·米勒指出：“文学作品并非如很多人以为的那样，是以词语来模仿某个预先存在的现实。相反，它是创造或发现一个新的、附属的世界，一个元世界、一个超现实。”① 互联网自身所拥有的虚拟属性，刺激文学不断突破叙事文学的边界，扩展了叙事文学文本“可能世界”的广度，我们通常将理想主义或浪漫主义看作与现实主义相对应的概念，那么穿越、玄幻、仙侠等小说不仅远远超越了现实，也超越了人们的理想。因为，理想世界人们心向往之并且通过努力可能会抵达，它固然与现实有一定距离，但并非不可企及。而“超理想”则彻底外在于人类世界通过努力所能达成的诸种可能性，死生轮回、人兽合一、大荒四泽、魂魄不灭……凡此种种已超出了“超现实主义”的解释限度，而可以称其为“超理想主义”，超越人类对未来的预见和构想。文学所虚构的世界有独立于现实世界的“跨界”或“越界”性质，不可将其完全等同于现实世界去理解和把握。

> 文学属于一种“跨界”的领域。从现实世界来看，文学是一种言语行为，是人们使用语言做事的一种活动，归属于人类的创造性实践活动；从文学创造的虚构世界看，它属于一种可能世界，称其为可能世界就是强调这个世界在性质上应被视为完全不同于现实世界的另一个独立世界，它不应被视为现实世界的再现或翻版，它不需要再依据现实世界去判定真假和指称，它有自身的规律和原则。当然通过语义通道及创造或阅读这些言语行为，现实世界的我们可以进入这个世界，领略这个世界的风光，做出自己的判断、赋予其价值。“跨界性”

---

① 米勒. 文学死了吗?. 桂林：广西师范大学出版社，2007：29.

> 的特征提醒我们，既要考虑到文学对现实世界人类实践的重要影响和作用，又要尊重文学的相对“自治性”，要从多元世界的框架研究文学，采用一种移动的跨界视点考察文学行为，从而完整地认识和把握文学，使文学的自身价值得以真正显现。①

以上分析或许有助于我们以更包容、开放的心态来理解目前风靡于网络的穿越、仙侠、玄幻等文学类型。我们绝不否认文学所应具有的现实性、人民性品格，绝不放弃文学所应承担的社会责任，但是也应该包容和尊重各种类型文学的自然生长。

新世纪以来，中国网络文学的飞速发展有其必然性与合理性，取得的成绩我们必须加以总结和重视。第一，在大浪淘沙般的网络文学发展过程中，很多网络写手完成了向网络作家的转变，其创作活动更具有持久性和规范性，形成了自己独具特色的艺术风格，也拥有了成规模的、相对固定的读者群体，在文坛的影响力以及社会地位不断提升，成为“新社会阶层”。很多网络作家当选中央和各地作协会员、人大代表、政协委员，介入主流文坛及国家政治生活。对很多作家来说，网络文学创作不再是玩票性质的消遣娱乐，而成为一种严肃的职业乃至事业。他们开始以更严肃深沉的思考、更细腻的艺术追求、更强烈的社会责任感来投入创作。这种转变有益于网络文学走向精细化、精品化、经典化的发展道路。第二，网络文学发展，加快了相关产业链的建构，创造了巨大的经济效益，带动了中国文化产业的发展与腾飞，最突出的表现是IP剧的火爆。IP即“intellectual property”的缩写，直译为知识产权，在网络文学领域多指适合二次或多次改编开发的文学作品等。IP剧是指在国产原创网络小说等基础上创作改编而成的影视剧，以IP剧为代表的网络文学的商业化运作，使得近年来网络文学作品的附加值不断提升，更多的资本涌入网络文学作品知识产权的买断以及后续的改编之中。第三，网络文学走出国门的力度不断加大，成为中国文化、文学“走出去”的一个窗口。2017年面向国外读者的海外版站点“起点国际”上线，助力中国网络文学的翻译和对外传播，是“网文出海”的利好消息。②

---

① 张瑜．言语行为理论、可能世界理论与文学虚构问题．文学评论，2017（1）．

② 欧阳友权．辨识新时代网络文学的三个维度．中国高校社会科学，2018（3）．

网络文学发展迅速、成果斐然，但对网络文学发展中遇到的问题我们也必须加以直面和纠正，对网络文学未来发展之路必须积极加以引导。毋庸置疑，网络文学显示了其强大的市场感召力，但是追求经济效益不能以牺牲社会效益为代价，且应将社会效益放在首位。文学作品社会效益的产生要依赖其思想性、审美性、社会性、历史性等，而恰恰在这些方面某些网络文学作品还存在思想性不足、艺术性欠缺、脱离现实、虚无历史、语言粗糙等方面的问题。网络文学与精英文学、经典文学的差距还有待于不断缩小。

与网络文学一样，新世纪以来的科幻文学发展也取得了丰硕成果。中国科幻文学成就的取得不是一蹴而就的。早在20世纪初，在梁启超、鲁迅等人的推动下，西方科幻文学译介就在国内形成气候，梁启超还创作了科幻小说《新中国未来记》，这一次科幻文学的发展与清末西方科学、文化、文学广泛传入中国有关，增强了国人的科学意识，开阔了国人的文化视野，刺激了国人认知世界方式的改变。百余年来，中国大陆科幻文学有所发展和积累，出现了郑文光、童恩正、叶永烈等具有重要影响的作家。进入21世纪，中国科幻文学大步迈向世界舞台，获得世界性影响力，最有代表性的科幻文学作家有刘慈欣、郝景芳等。刘慈欣的《三体》三部曲被普遍认为是中国科幻文学的里程碑之作，将中国科幻推上了世界的高度。科幻文学与相当一部分网络文学一样，也彰显了中国作家“想象力的解放”，而与此相伴的，还有中国作家科学意识的不断增强。改革开放以来，随着科学技术的不断发展，思想解放运动的不断深入，我国的科学事业取得了重大进步和成就，在这样的背景之下，中国科幻文学逐步获得越来越广阔的发展空间，科幻文学作家与读者不断增多。尤其是新世纪以来，科幻文学取得了举世瞩目的成就，在国内外引发巨大反响。科幻文学在真正意义上把科学精神和艺术幻想有效地结合起来，帮助人们去认识自我，认识世界，认识宇宙，畅想未来世界。

随着科幻文学作品数量的增多和质量的提高，它的读者群也在不断扩张。目前，科幻作品也已经跃出过去“类型小说”“通俗文学”的狭小范畴，不再是小众科幻迷们的智力消遣，它吸引了商业工作者、互联网从业者、科技研发者、文学研究者、社会工作者等，使他们开始认真研读科幻作品。对过去一年报刊的扫描可以证实，科幻版面比前一年增加不止一倍。许多国内重要的报刊，在过去的一年中制作了深度新闻或科幻专号。①

科幻文学开辟了人类科学意识、思想观念、时空观念、文学想象的新的疆域。这不仅是因为我们确实要创造未来，还因为未来确实取决于当下的思考和创造。这个问题不仅关乎技术，还关乎人类的未来。在新世纪，中国的科幻文学受到全世界的关注，表明在对未来的想象选择和创造中，在构建人类命运共同体和利益共同体的过程中，中国作家以巨大的担当精神和文化使命感，积极大胆地提出自己的方案，通过书写中国故事为人类的未来贡献中国智慧和中国设想。

中国的科幻文学正在与世界科幻文学不断地交流、融合。中国的科幻文学要获得进一步发展，作家应该努力了解世界科学技术发展的前沿，不断弘扬科学精神，提高科学素养，提升科学思维能力，增加科幻文学作品中的科技含量。

打工文学也是新世纪文坛中的一股新生力量。新人民性、底层书写、打工文学等是进入新世纪后备受文学界和文化界关注的几个密切相关的话题。打工文学是中国工业化、城市化、现代化、经济全球化的大环境下诞生出的具有时代意义和本土意义的文学现象。从广义来讲，打工文学既包括打工者自己的文学创作，也包括其他作家创作的以打工生活为题材的作品。狭义的打工文学主要是指由打工者自己创作的打工题材文学作品，其创作范围主要在中国一线城市以及沿海开放城市。深圳站在中国改革开放的最前沿，拥有得天独厚的区域环境优势及产业政策支持，提供了大量丰富而优质的就业机会，吸引了全中国的人才向这里聚集，其中就包括大量的产业工人，因此深圳是打工文学的策源地，打工文学也是展现特区精神的重要载体。新世纪以来，深圳打工文学迈向新台阶，崛起了王十月、戴斌、谢湘南等新一代打工作家和诗人。新世纪以来，打工文学既可以看作传统工业题材文学的延伸，又展现了改革开放以来新型工人（主要来自农村）在城市的新见闻、新生活、新风貌，因此打工文学也可以看作都市文

① 吴岩，姜振宇，肖汉. 2016年科幻文学：具有前瞻性地反映时代特征. 文艺报，2017-01-11.

学的重要组成部分。打工文学逐渐完成由传统到现代、由自发到自觉、由边缘到主流的文化转型。虽然部分打工文学含有某些对生活及精神困境的书写，但不可否认打工文学中也蕴含着积极向上的奋斗、奉献、坚韧不拔等精神，对打工群体具有启发、感染、凝聚的功能，对当代经济发展和社会进步起到精神动力和智力支持的作用。2005 年，共青团中央设立了针对进城务工青年的“鲲鹏文学奖”，打工文学已经进入主流视野。

青春文学是新世纪以来发展最为迅速的文学类型之一，突出表现是“80 后”作家集体登上文坛。每一代年轻人都有自己的文学梦想及文学实践，却从未像“80 后”作家那样赢得全社会的关注目光，成为大众文化领域的“现象级”话题。“80 后”作家的脱颖而出，受益于 90 年代末舆论界对中学语文教育的关注，而其中一部分佼佼者则受益于世纪之交开启的新概念作文大赛。大赛面向全国选拔文学创作才能超群的高中生，那一时期的高中生正是“80 后”一代，韩寒、郭敬明、张悦然、周嘉宁等是其中的代表。他们的文章大多冲破语文应试教育的樊篱，以充满想象力的文字带给文坛耳目一新的感觉。

相应的，青春文学刊物的出版发行也在如火如荼地进行之中，这类刊物主要由“80 后”作家策划创办并担任主编，以青少年亚文化群体为目标读者，主要依托文艺类出版社和文化传媒公司的联姻，在内容与形式上突破传统文学刊物藩篱，助推青春文学向更大规模和更高层次发展。比较知名的刊物有《鲤》《最小说》《文艺风赏》《文艺风向》等，主创人员以团队形式自主结合，刊物内容突出“先锋”“新锐”理念，更贴近当代青年心理需求，装帧设计更注重时尚潮流，内容图文并茂，视觉效果鲜明，迎合了读图时代的青少年读者的阅读口味。上海文艺出版社推出的《鲤》开创“主题书”概念。每一期围绕某个主题，选题集中，个性鲜明。另外，这类刊物出版理念介于刊物与图书之间，出版周期更加灵活，不同于传统刊物定期出版的模式。不少刊物采取文化公司与出版社合作的形式，更注重营销策略，立足青春文学市场，发行量大，经济效益显著。

广义上说，一切以现实元素为背景的写作行为，均可称为非虚构文学创作。非虚构文学与中国学界惯常认为的“纪实文学”“报告文学”有着相类似的属性，也有所区别。非虚构文学一般以第一人称进行叙述，建立在田野调查的基础上，表现出鲜明的实践性、亲历性、现实性、时代性。以“事实”“亲历”为写作背景，秉承“诚实原则”的写作行为均可被视为非虚构文学创作（写作）。非虚构文学继承了现实主义文学的优良传统，反映了广大作家扎根人民、扎根生活的创作态度。不少非虚构文学以农村、农民为书写对象，既反映了改革开放以来农村与农民的新变化，也不回避问题，对“三农”工作中的一些尚未解决的问题进行反思。应该说这些作品对新时代条件下“乡村振兴战略”的顺利实施具有一定的启发意义，提供了某种经验或智力上的支持。

四、国产戏剧影视作品异军突起

戏剧、影视、文学三者向来难以剥离。我们通常认为传统文学作品以文字为载体，而戏剧影视作品以影像、动作、台词等为载体，但它们在本质上都具有叙事性、抒情性、想象性、形象性等特征。传统文学作品往往是戏剧影视作品的底本，戏剧影视作品则是传统文学作品的延伸物或衍生品，文学性是戏剧影视作品的根基和底色，因此也可以说，戏剧影视作品是传统文学作品的一部分。随着科技革命与媒介多元化的不断深入，戏剧影视作品表现出强大的号召力，在新世纪尤其是党的十八大以来呈现异军突起的发展态势。

首先看电影。电视机尚未在国内普及之前，电影可以说是唯一的大众影像，看电影一度充当着人们休闲娱乐的重要手段。改革开放以来，随着电视机走进千家万户，电影不再具有此前的强大号召力，很多人逐渐远离了电影院。新世纪初，中国电影产业化改革拉开大幕，各地开始建设多厅电影院，抑制住了票房下滑的趋势。近些年来，电影市场大有卷土重来之势，国产电影大放异彩，吸引越来越多的人重新走进影院，叫好又叫座的影片层出不穷，票房不断创出新高，而且制造了很多“现象级”话题。种种迹象表明电影尤其是国产电影正在重新回到中国社会文化生活的中心位置。正如习近平总书记在文艺工作座谈会上的讲话中所指出的："当今世界是开放的世界，艺术也要在国际市场上竞争，没有竞争就没有生命力。比如电影领域，经过市场竞争，国外影片并没有把我们的国产影片打垮，反而刺激了国产影片提高质量和水平，在市场竞争中发展起来了，具有了更强的竞争力。"国产电影在收获良好口碑的同时，也取得了不俗的票房成绩。2017 年为"中国电影质量促进年"，中国新闻出版广电总局电影局发布数据称，2017 年全国电影总票房为 559.11 亿元，银幕总数已达到 50 776 块，超过了美国和加拿大的总和，已经是世界第一。

近几年来从作品主题来看，"为人民创作、为时代讴歌"的主旋律题材作品，越来越受到普通百姓的追捧，《智取威虎山》（徐克，2014 年）《湄公河行动》（林超贤，2016 年）、《战狼》系列（吴京，2015 年、2017 年）、《明月几时有》（许鞍华，2017 年）、《密战》（钟少雄，2017 年）、《二十二》（郭柯，2017 年）、《红海行动》（林超贤，2018 年）、《厉害了，我的国》（卫铁，2018 年）等影片是其中的代表。这些影片或选取抗日战争时期、解放战争时期的重要革命历史事件，或抓住和平发展时期维护国家主权与人民安全的时代主题，或反映了近年来中国经济社会等各方面建设所取得的巨大成就……集中表现了党在不同历史时期的英明决策与坚强领导，反映了共产党员为了实现共产主义理想而甘于牺牲的崇高精神，反映了人民军队保家卫国的坚定决心，也反映了广大普通人民群众真挚而朴素的爱国情怀。

从作品题材来看，其中有根据红色经典改编的影片，比如《智取威虎山》对《林海雪原》的重写，《密战》对《永不消逝的电波》的继承等。有取材于真实事件的影片，如《明月几时有》的蓝本是抗战时期广东人民抗日游击队东江纵队不屈不挠的英勇事迹，《湄公河行动》的蓝本是 2011 年发生的"10・5 中国船员金三角遇害事件"，《红海行动》以中国海军索马里护航打击海盗和也门撤侨事件为故事原型。纪录片则更直接地与历史及现实对应，《二十二》直面日军侵华所遗留的"慰安妇"问题，以口述历史的方式记录了中国内地 22 位"慰安妇"的苦难经历和现状，全面还原了她们的历史遭遇和当下处境。影片虽无正面战争场面，但对侵略战争罪行的揭示，比一些直接描写战争场面的影片更加深刻有力。由中央电视台和中国电影股份有限公司联合出品的《厉害了，我的国》则是贴近时代、贴近现实的纪录片，用电影艺术的形式全方位展现了党的十八大以来中华大地上各行各业所发生的翻天覆地的变化，记录了中国特色社会主义进入新时代以后所取得的历史性成就，激发了全体国民的自信心和自豪感。也有结合时代背景、利用文学想象展开的全新创作，比如《战狼》系列。与以往主旋律影片相比，以上影片成功地将思想元素、艺术元素和商业元素糅合在一起，走出了一条主旋律电影商业化的路线，较好地兼顾了艺术性和商业性，因此出现了口碑与票房俱佳的喜人局面。《战狼》《红海行动》等影片，一方面用酣畅淋漓的动作场面把爱国主义和英雄主义进行了无缝衔接，展现了中国人民解放军英勇对敌的大无畏气概；另一方面表现了中国作为爱好和平的世界大国的历史担当，激发了全体中国人对祖国的自信心和自豪感。从叙事上看，影片利用先进技术手段打造了比"好莱坞大片"有过之而无不及的恢宏场面、紧张情节、精致镜头与逼真特效。影片的成功是精湛内容与精良制作等共同作用的结果。主旋律影片也越来越多的以"集群"方式出现在观众面前，比如 2017 年 10 月，中国电影股份有限公司发行的《辉煌中国》《六年，六天》《你若安好》《南歌》等一批弘扬主流意识形态、反映社会主义核心价值观的电影在全国献映，一种"合力效应"正在逐步显现。

从拍摄方式来看，中国电影的对外开放力度不断加大，中外合拍作品越来越多，质量不断提高，合拍的方式、中方参与的程度和影响力也在不断升级。政府支持是助推中外合拍片的强力引擎。由中国参与创作的《功夫熊猫 3》在全球收获近 5 亿美元票房；由中国奥飞影业和美国新摄政娱乐联合出品的《荒野猎人》表现不俗，斩获奥斯卡金像奖多个奖项。外国电影产业需要中国的雄厚资金与庞大市场，中国电影产业则能够在深度合拍中学到更多先进经验，实现中国电影产业与世界电影产业的深度融合。

中国目前正在实现由电影大国向电影强国的转变，中国电影对国家文化软实力的贡献越来越大，成为传播中国精神、中国文化的重要载体。中国电影对经济社会发展的促进作用越来越明显，不仅创造了巨大的社会效益，也带来了可喜的经济效益。

再看电视剧的繁荣发展。中国目前是世界电视剧第一播出大国，我国电视剧拥有最广泛的受众群体、广阔的播出平台、便捷的观看渠道。新世纪尤其是党的十八大以来，我国电视剧行业始终呈现出持续向好的发展态势，取得了丰硕的发展成果。电视剧作为人们日常精神文化生活的主餐，在弘扬社会主义核心价值观、丰富精神世界、提高道德素养、引领价值追求、培育良好风尚等方面，发挥着重要的作用，电视剧的制作更加注重艺术质量和社会效益的统一。

党的十八大以来，我国电视剧产量始终保持世界第一。在市场调节和宏观调控的双向作用下，电视剧制作更加注重艺术质量和社会效益，涌现出一大批思想性、艺术性、观赏性俱佳的电视剧精品，电视剧创作的题材样式更加丰富。如讴歌信仰之美、崇高之美的革命历史题材电视剧《北平无战事》《彭德怀元帅》《海棠依旧》等，温暖励志的现实主义题材电视剧《平凡的世界》等。2015 年初春，电视荧屏上黄土高原风劲吹——根据路遥的长篇小说《平凡的世界》改编的同名电视剧收视率居全国前列，网络播放量超过 20 亿。精益求精，矢志创新，是电视剧《平凡的世界》成功的要诀。其他各个题材的电视剧也均有不俗表现，如彰显正义的公安政法题材电视剧《小镇大法官》《人民检察官》等，惊心动魄的革命战争题材电视剧《伪装者》《风筝》等，昂扬向上的军旅题材电视剧《深海利剑》等，弘扬正气的反腐题材电视剧《人民的名义》等，注重以史为鉴、强调资政育人的历史题材电视剧《大清盐商》《大汉贤后卫子夫》等，表达青年人新主张、弘扬社会正能量的青春偶像剧《冰与火青春》《加油吧！实习生》等，都不断成为文化现象、舆论焦点、热议话题。优秀电视剧作品层出不穷，而且传播力、影响力日益增强，得益于行业体制机制不断深化改革；得益于电视工作者坚持以人民为中心，勇攀高峰、精益求精的创作导向和开拓创新精神；得益于社会效益优先、社会效益与经济效益相统一的发展理念。

电视剧通过屏幕与观众见面，通过电视台播放是电视剧价值实现的“终端”，电视台的择优播放是电视剧创作的风向标。2015 年以来，针对省级卫视频道黄金时段，国家新闻出版广电总局相继实施了纪念世界反法西斯战争暨中国人民抗日战争胜利70周年电视剧展播活动，纪念建党95周年电视剧展播活动，纪念红军长征胜利80周年、纪念建军90周年电视剧展播活动。在宣传期间，在中央电视台和省级卫视频道黄金时段相继推出了《太行山上》《巨浪》《黄河在咆哮》《秋收起义》等30多部主旋律优秀作品。这些作品在主流播出平台的集中大规模播放，极大地激发了主创人员弘扬社会主义核心价值观的热情，使得革命文化、红色经典深入人心。与此同时，通过实现备案公示、完成剧审查、上星播出三个管理环节之间的联动，卫视频道电视剧播出整体呈现主旋律更响亮、正能量更强劲的良好态势。

在电视剧市场交易手段上，电视剧产业链不断延伸，交易手段推陈出新，改变了以往严重依赖电视台播映收取版权费用的单一模式，电视版权交易、网络版权交易、海外版权交易使电视剧版权价格不断攀升。网络改编权、衍生品版权、植入广告等全产业链营销方式都成为电视剧市场交易的重要手段。

在产业布局上，新媒体和电视台的融合和竞争对电视剧行业的发展产生了巨大的影响，电视剧不再是电视台的独家内容，而已成为视频网站不可或缺的重要资源。互联网视频数量激增，不仅带动了观众网上看剧的热潮，也使国产电视剧的观众群更加年轻化。视频网站发展迅猛，已由单一播出平台向电视剧生产链各个环节渗透，并加大了对前期策划制作和版权开发的投入。广大电视剧制作机构也积极寻求自身定位和转型发展，在电视剧制作的各个环节进行专业化升级。

近年来，国产电视剧对外开放力度不断加大，“走出去”步伐加快，中国电视剧出口范围逐步扩大，数量与年俱增，涵盖亚洲、非洲、北美洲等地区。中国电视剧在竞争激烈的国际市场版图中已经站稳脚跟，拥有一席之地。国产电视剧讲述中国故事的能力、表达中国式审美的气派、内涵中国人精神气质的品格，越来越得到国际社会的接受和认可。2013年3月，习近平主席在坦桑尼亚尼雷尔国际会议中心发表演讲时说，中国电视剧《媳妇的美好时代》在坦桑尼亚热播，使坦桑尼亚观众了解到中国老百姓家庭生活的酸甜苦辣。可以说，电视剧已成为我国外交活动中的一张文化名片。

党的十八大以来，中国电视剧的专业品质日益得到国际同行认同，在国际电视节中屡获奖项。《历史转折中的邓小平》获得第十届首尔国际电视节评审委员会特别委员会大奖；在纪念中国人民抗日战争暨世界反法西斯战争胜利70周年之际，电视剧《血色童心》获得俄罗斯总统普京签发的“伟大卫国战争胜利70周年”纪念奖章。尤其值得一提的是，近年来，“走出去”的国产电视剧的内容题材正在悄然发生变化。除了古装历史剧受海外观众关注以外，《媳妇的美好时代》《老有所依》《虎妈猫爸》《木府风云》《生活启示录》等现实题材及其他类型的题材已经成功登陆美国、日本、韩国、加拿大、俄罗斯、哈萨克斯坦、蒙古国等国家。为培育中国电视剧海外市场，针对影视机构单打独斗难以实现市场运营和销售的重点国家和地区，近年来，国家新闻出版广电总局还相继实施了“中非影视合作工程”“丝绸之路影视桥工程”等项目。① 综上所述，新世纪以来国产电视剧的繁荣发展大力弘扬了社会主义核心价值观，充分满足了国内广大观众日益迫切的精神文化需求，提升了中国文化“走出去”的速度和质量，起到加强国际文化交流合作的作用。

除了电影、电视剧，很多经典文学作品还利用戏剧等多种艺术形式进行广泛传播，弘扬了主旋律，在观众中引发强烈共鸣，艺术性与思想性结合，寓教于乐，为人民群众喜闻乐见。如新版歌剧《白毛女》、原创音乐剧《焦裕禄》、交响乐《哈尼交响》、话剧《人民公仆谷文昌》、芭蕾舞剧《鹤魂》等。2015年7月，德国汉堡德意志剧院迎来了北京人民艺术剧院的经典剧目——《茶馆》。开演前，1 200张座席票早已售罄，观众却不愿离去，等着“捡漏”退票。在剧院开放站票后，场内又站满了观众，创造了这座剧院的历史之最。另一部同样有着辉煌历史的舞台艺术作品——歌剧《白毛女》，也在延安首演70周年后，重新编排、全国巡演，经四代传承再次绽放经典光芒，形成了2015年舞台剧的重要景观。精益求精的艺术精神，“戏比天大”的创作传统，让这些经典剧目历久弥新，有力地回答

① 刘阳. 国产电视剧“神剧”淡出佳作增. 人民日报，2017-09-06.

了今天文艺界对“精品何来”的追问。2016 年 1 月底，梅兰芳大剧院的观众们看完新编现代京剧《西安事变》，纷纷涌向台前，用手机拍摄这出大戏谢幕的光彩。该剧以传统戏曲表现现代题材，以生动的戏剧情节和人物形象塑造了西安事变当事者复杂真实的命运起伏、性格特征和情感世界。编剧孟冰在创作前，潜心研读历史资料，深入实地采风，十多次修改打磨剧本。演员们反复设计唱腔，精心排练，将人物刻画得形神兼备，抓住了观众的心。

改革开放以来，除了大剧场，源于西方的小剧场话剧也在中国扎下根来，成为中国话剧界中一支蓬勃发展的生力军。北京人艺小剧场自 1995 年建成后至今，排演了《情痴》《棋人》《鱼战役温柔》《绿房子》《爱情蚂蚁》《等待戈多》《雨过天晴》《情感世界》《盗版浮士德》《梁祝》《非常麻将》《切·格瓦拉》《马前泼水》《纪念碑》等剧目，广受戏剧爱好者欢迎。进入新世纪，小剧场逐渐成为青年戏剧工作者梦想起航的地方，一批青年戏剧人开始探寻突破市场压抑力量的办法，“青年戏剧节”应运而生，青年戏剧蓬勃发展起来。小剧场话剧的蓬勃和兴旺，已经对中国的话剧演出市场起到了不小的推动作用。喜剧在小剧场演出剧目中占比越来越高，小剧场排演成本较低，票价亲民，演出形式灵活，机动性较强，能将观众纳入演出情境，注重观众的即时感受和反应，是人们业余时间社会交往和休闲娱乐的艺术空间，成为丰富人们精神文化需求的形式之一。

新世纪，新起点；新时代，新气象。中国文学进入新世纪尤其是新时代以来，取得了不平凡的成绩。在改革开放基本国策的基础之上，全面深化改革的举措轰轰烈烈开展起来，作为“四个全面”战略布局的组成部分，全面深化改革日益彰显其必要性、重要性，引领中国改革向着更高标准、更深层次进发。文学事业受惠于全面深化改革的持续推进，尤其受惠于文化体制改革的不断深入。党和国家重大文艺方针政策的实施，作家存在方式与创作实践的转型，各种新兴文学类型的勃兴，文学创作、传播及媒介的新变化……无不体现出全面深化改革的威力。除了国内改革的不断深化，我国对外开放力度也不断加大，中国文学目前已经深度融入世界文学发展大势中，世界文化繁荣发展离不开世界各国人民在文化、文学方面的交流互鉴，离不开中国文化的濡染、中国文学的滋养、中国作家的参与、中国故事的讲述。在改革开放的伟大历史进程中，在中国特色社会主义步入新时代以后，中国文学必将不断向更高峰攀登，为实现中华民族伟大复兴的中国梦、为构建人类命运共同体贡献力量。

第四章　改革开放40年文学发展外部研究

一、作家队伍壮大

改革开放以来中国文学事业的突飞猛进，离不开作家队伍建设所取得的成就；而在作家队伍建设中，作家培养是十分重要的一环。作家创作固然需要个人天赋及后天努力，但也离不开外部环境的影响，离不开高质量的教育与培养，在作家教育培养方面，很多部门和机构都做出了卓有成效的贡献。

鲁迅文学院是新时期以来国内较为权威的作家培养机构，前身是1950年由文化部和中国文联共同创办的中央文学研究所，1954年更名为中国作家协会文学讲习所，1958年停办，1980年经批准恢复，1984年正式定名为鲁迅文学院。学院组织国内一流作家、评论家、学者、教授参与教学、研讨和交流。自2002年春季起，鲁迅文学院创办“中青年高级研讨班”，每届学员约50人，至2017年已经举办了33届。采用研讨班的形式，鲁迅文学院用十几年的时间为国家培养出一大批高水准的作家。随着时代发展及文学创作新主体的加入，鲁迅文学院与时俱进，开办了网络文学作家高级研修班。网络文学作家高级研修班精心组织和安排课程，内容包括党中央的文艺思想方针、国情时政课、大文化课、文学专题讲座、文学对话研讨、新媒体发展态势等。网络文学作家高级研修班目前已经成功举办了11届，对壮大网络文学作家队伍、引领网络文学不断提高层次起到了积极作用。

新世纪以来，高等院校发挥高等教育所拥有的人力、资源等优势，成为培养作家的又一主体。据不完全统计，北京大学、清华大学、中国人民大学、北京师范大学、复旦大学、同济大学等多所国内知名高校创设创意写作本科或硕士学位点，以各种方式培育专业作家，在全国形成较大影响。从身份来看，师资队伍主要由两部分人构成，一部分是长期在高校进行学术研究的文学评论家、批评家；另一部分是经验丰富、社会影响力较大的全职或兼职驻校作家，如清华大学的格非、北京师范大学的莫言、复旦大学的王安忆、同济大学的马原等。从国籍来看，教师队伍既包括国内学者和作家，也包括长聘或短聘的外籍学者和作家。学生群体主要也分为两类：一类是热爱文学、有志于未来从事文学创作的在校大学生；另一类是已经在文坛产生影响力或具有极大潜质的中青年作家，非脱产攻读与写作相关的硕士学位，有回炉深造之用意。

在高校通过系统学习写作获得学位这一举措，也可以看作改革开放后的“舶来品”之一，一定程度上汲取了其他国家作家培养的先进经验。美国艾奥瓦大学的创意写作工坊是美国最早授予创意写作学位的地方，也是当今最具国际影响力的创意写作课程教学单位。艾奥瓦大学的创意写作工坊引进学术研究新模式，本校教授、驻校作家和访问作家参与创意写作课程教学，学生也可以以文学作品获得写作学学士学位。艾奥瓦大学不但培养创意写作专业的学生，还设立了艾奥瓦大学“国际写作计划”（International Writing Program，简称IWP），为来自世界不同国家、不同民族、不同文化背景的作家提供交流沟通的机会。中国的萧乾、艾青、陈白尘、茹志鹃、王安忆、吴祖光、张贤亮、冯骥才、白桦、汪曾祺、北岛、阿城、刘索拉等作家都参加了这个计划。

大学究竟能否培养作家的疑问一直不绝于耳，争辩的焦点是文学创作能否通过学院化、系统性的教授而习得，文学创作究竟主要依赖于硬性的文学知识和技巧，还是依赖于个体经验的表达、情感的释放及阅历的丰富。艾奥瓦大学的经验或许可以作为参照：这里诞生了多位普利策奖得主、美国桂冠诗人、国家图书奖得主等。高等教育在提升作家人文修养、审美能力，培养正确价值观方面的确发挥着很大作用，但它对作家尤其是伟大作家的诞生，更多的是充当发酵器皿的辅助作用，并不具有决定性意义。扎根于学院、扎根于知识的写作，并不比扎根于生活、扎根于人民的写作更“高级”。说到底，文学创作不是“编程”或“码字”，不是坐在书斋里就能取得非凡成就的，关在象牙塔里不会有持久的文艺灵感和创作激情。没有扎实的人生阅历、感性经验，没有充沛的激情与想象力，知识只能成为一种沉重的负累而非有效的借助。

在作家培养和队伍建设方面，各级作家协会也扮演着重要角色，改革开放以来取得了长足进步，主要贡献体现在以下几点：

第一，聚焦作家成长成才，加大对作家的引导扶持力度。定期举办重点作家学习研讨班，引导广大作家和文学工作者认真学习党中央一系列文艺方针政策和中国特色社会主义理论，进一步明确文学事业和作协工作的使命和责任，坚持用社会主义核心价值观引领文学创作，创新完善主旋律作品创作扶持机制，激励作家努力创作推出更多无愧于历史、无愧于时代、无愧于人民的优秀作品。作协建立作家创作基地，大力倡导广大作家深入生活、深入基层，认真组织开展不同层次的采风活动。促进文学事业的繁荣发展，离不开一支德才兼备、门类齐全、结构合理、规模宏大的文学人才队伍。各级作协不断完善工作机制，加大扶持培养力度，采取有效措施加强文学人才培养和作家队伍建设，注重作者梯队建设，尊重大家名家、扶植中青年作家、培育文学新人。从编制来看，一方面加强对“体制内”作家的引导，另一方面加强与“体制外”作家的联系。体制内作家主要指与各级作协建立从属关系的签约作家，体制外作家主要指活跃在民间的网络文学作家、自由撰稿人等。目前我国有很多民营文化机构、网络文艺社群等，这些群体中很有可能产生文学大家，作协已经注意到用全新的眼光看待他们，用全新的政策和方法团结吸引他们。

第二，加强组织策划，孵化文学精品。一是建立完善文学精品策划机制。根据时代要求和工作需要，围绕党和国家的重大战略部署、重要节点和重大活动，按照文学创作规律，策划一批弘扬社会主义核心价值观、以中国梦为主题的重要文学创作项目和一批题材重大、富有特色的重点选题。实施文学精品创作工程，科学编制现实题材、爱国主义题材、重大革命和历史题材、青少年题材等专项创作规划。二是建立完善文学精品打造机制。发挥作协的工作优势，对文学精品的创作、出版、发行、推介等予以扶持。改进过去作品发表、出版之后再进行研讨的方式，采取邀请专家提前介入，对重点作家创作的重点作品进行审读指导，帮助作家在作品发表之前认真修改不足，提升文学品质，努力打造精品。三是完善重点作品扶持机制。中国作协与地方作协重点作品扶持制度相互衔接，拓宽重点作品的推荐渠道，优化重点作品的评价体系，加大重点作品的扶持力度，真正使重点作品扶持制度成为打造文学精品的重要措施。

第三，增强服务意识，搭建宣介平台。各级作协努力服务广大作家，为其潜心创作创造良好环境。一是创新完善宣传推介展示机制。通过举办重点作家作品推介发布会，全面展示优秀创作成果。加强与各类新闻媒体、影视等部门的合作交流，积极为优秀文学作品宣传推介搭建平台，为文学作品改编影视作品提供联络服务。二是创新完善服务基层工作机制。坚持重心下移，加强对基层作协的工作扶持，加大政府对面向基层的文学产品和文学服务的购买力度，认真解决基层作家作品发表难、出版难的问题。建立“结对子、种文化”工作机制，让更多的文学作品、文学期刊进社区书屋、农家书屋。建立“文学志愿者”制度，引导更多的著名作家从事文学培训及文学普及工作。三是创新完善网络文学工作机制。推动网络文学与传统文学的创新融合，鼓励广大作家积极运用网络创作传播优秀作品。加强文学网站建设，运用微博、微信、移动客户端等载体促进优秀文学作品多渠道传播、多平台展示、多终端推送。四是创新完善信息服务机制。认真办好作协会刊、作家网等信息交流媒体，为广大作家及时而准确地了解文学信息、开展文学交流提供平台。注重发挥作协所属的文学期刊在培育文学新人、推出文学精品等方面的重要作用，进一步提高办刊质量和水平，不断推出一批在全国具有影响的精品佳作。五是创新完善日常服务作家机制。在业务培训、文学职称评定、深入生活等方面，努力为广大作家服务，完善文学人才职称职务评聘措施和办法，认真解决他们在创作和生活中遇到的实际问题。

第四，加强行业管理、行业自律与自身建设，切实维护文学工作者的良好形象和广大作家的合法权益。一是加强各级作协党组对作协各项工作和文学工作的领导，处理好加强党的领导与协会依法依规按照章程开展工作的关系，更好地发挥党总揽全局、协调各方的领导核心作用。二是创新完善文学评论工作机制。举办各种高层论坛、文学主题研讨和作家作品研讨等活动。探索建立文学创作成果研究通报机制，组织专家定期研究文学创作成果，编辑出版文学发展情况蓝皮书，研判文学创作情况，指导文学精品创作。发挥作协各专业委员会的作用，引导促进各种文学体裁均衡发展。三是创新完善文学阵地建设和管理机制。加大对文学重要报刊、重点网络文学网站的扶持。进一步强化阵地意识，对文学期刊、青年作家高级研修班、研讨会等文学平台和阵地，加强管理审核，严把质量关，始终坚持正确的导向，不给错误文学思潮和不良文学作品提供传播渠道。加强网络文学内容管理，创新管理方式，规范传播秩序，让正能量引领网络文学发展。四是创新完善会员管理机制。完善会员发展管理办法，明确会员入会条件，规范申报审批流程，积极开展会员发展工作，为广大会员提供更多的服务内容和项目。完善会员维权机制，了解会员维权诉求，开展普法宣传，帮助作家树立维权意识，提高维权能力。跟踪关注会员作家特别是优秀青年作家的创作情况，推动青年作家健康成长。五是创新完善文学社团管理机制。加强对文学社团的业务指导，促进其依法合规开展文学活动。六是创新完善调查研究工作机制。围绕文学事业发展、文学队伍建设等重要课题，深入开展调查研究，及时了解和掌握文学工作现状，广泛听取广大作家的意见和建议，为党和政府研究制定促进文学事业繁荣发展的政策措施提供参考和依据。七是创新完善专家咨询评价机制。注重发挥专家在文学专业工作中的审读把关、业务指导、决策咨询等作用，切实提高各项文学管理工作和活动的科学性和规范性。

《中共中央关于繁荣发展社会主义文艺的意见》明确要求：“文联、作协要改革创新、增强活力，改进工作机制和方法手段，改进工作作风，避免机关化、脱离群众现象，真正成为文艺工作者之家，更好地团结凝聚广大文艺工作者，充分调动一切积极因素，为繁荣发展社会主义文艺、建设社会主义文化强国作贡献。”作家协会应该按照作协职能要求，在已取得成就的基础上，与时俱进，探索创新，不断建立完善与社会主义市场经济体制、文学发展规律和人民团体职能相适应的管理体制和运行机制，使作协工作体现时代性、把握规律性、富于创造性，更加有效地促进新时代文学事业的繁荣发展。

二、奖励制度完善

创设文学奖项，是创新完善文学精品激励机制的重要手段。改革开放以来，从中央到地方、从官方到民间都在探索文学评奖新理念、新机制、新方法，进一步完善奖项名称，规范评奖程序，调整评奖周期，加大奖励力度，增强评奖的权威性和公信度，充分发挥了评奖活动对文学精品创作的导向、示范和激励作用。

新时期伊始，文坛百废俱兴，政府及文艺主管部门为激励作家的创作热情，表彰优秀文学作品，开始重视各类文学奖项的设立。1978年，受中国作协委托，《人民文学》编辑部举办全国优秀短篇小说评选，这是新时期首次举办的文学评奖活动。这次评奖肯定了当时存在争议的“伤痕文学”的价值。1979年到1981年这一评奖活动继续举办。从1982年到1986年，除短篇小说之外，奖项扩大至中篇小说、报告文学、儿童文学等门类，并改为由中国作协主办。诗刊社也举办了1979年至1980年全国优秀新诗奖评选活动。茅盾文学奖是长篇小说领域最权威的全国性奖项，1982年颁发第一届，每四年为一届。新时期文坛风云激荡、佳作频出，文学评奖活动优中选优，净化了文学生态，拔擢了优秀作家，遴选了精品力作，也增进了广大读者的阅读热情与审美能力。

后新时期文学评奖活动仍在有条不紊地进行，这一时期创设的最具权威性的奖项是“五个一工程”奖及鲁迅文学奖。为繁荣发展社会主义文化，1992 年中宣部设立精神文明建设“五个一工程”奖，每年对上一年度产生的精品力作进行评选。“五个一”是指：一本好书、一台好戏、一部优秀影片、一部优秀电视剧（片）、一篇或几篇有创见有说服力的文章。从 1995 年起，一首好歌和一部好的广播剧也被列入评选范围。作为国家级重要奖项，“五个一工程”奖评选各省区市、中央部分部委以及解放军总政治部等单位组织生产、推荐申报的精品佳作，鼓励文化艺术坚持正确的创作思想，深入生活，深入群众，满足广大群众精神文化需求，为进一步坚持文艺为人民服务、为社会主义服务的方向和贯彻“双百”方针，弘扬主旋律，提倡多样化，繁荣社会主义文化，发挥了导向作用。[①] 大批文艺名家和青年文艺人才参加“五个一工程”奖的创作与评奖，形成了以作品带人、以人促作品的良好局面。

1997 年创设的鲁迅文学奖是由中国作协主办的全国性重要奖项，旨在奖励优秀中篇小说、短篇小说、报告文学、诗歌、散文杂文、文学理论评论的创作，奖励中外文学作品翻译，推动中国文学事业的繁荣发展。鲁迅文学奖的指导思想是，坚持社会主义先进文化前进方向，坚持中国特色社会主义文化发展道路，坚持以人民为中心的创作导向，全面贯彻文艺为人民服务、为社会主义服务的方向和百花齐放、百家争鸣的方针，体现社会主义核心价值观的要求，弘扬主旋律，提倡多样化，坚持公开、公平、公正的原则，推出体现民族精神和时代精神的优秀作品。[②]

此外，新时期各级政府及文艺主管部门不仅重视成年作家、成年文学的评奖工作，也非常重视青少年文学及儿童文学的评奖推优工作。面向青少年文学的全国性文学奖项，影响力较大的是新概念作文大赛。1998 年，由《萌芽》杂志社联合北京大学等七所国内重点大学举办的首届新概念作文大赛启动，此后每年举办一次。大赛的理念为“新思维”“新表达”“真

① 中共中央党史研究室．中国共产党的九十年：改革开放和社会主义及现代化建设新时期．北京：中共党史出版社，2016：839.

② 傅异星．中国当代文学史料丛书・文学评奖史料卷．杭州：浙江大学出版社，2017：75.

体验”。新思维即提倡创造性、发散型思维，打破旧观念、旧规范的束缚，打破僵化保守，提倡无拘无束；新表达即不受题材、体裁限制，使用属于自己的充满个性的语言，反对套话，反对千人一面、众口一词；真体验即真实、真切、真诚、真挚地关注、感受、体察生活。奖项主要面向高中生群体，其之所以广受关注，还因为它成为当时高考制度的一种补充形式，即参赛获奖者有被保送上大学的机会。新概念作文大赛孵化了当代一大批有影响力的青年作家尤其是“80后”作家，如韩寒、郭敬明、张悦然、周嘉宁等。经由新概念作文大赛遴选出的这批作家，引领了青年文学创作新风尚，带动了青春文学创作的整体发展。他们或不断拓展题材继续从事文学创作，随着阅历增长逐渐脱离青春文学作家的定位，步入更成熟的创作阶段；或策划创办以青少年为目标读者的文学期刊，这些期刊有着不俗的社会反响及市场表现；或以编剧、导演等身份投身影视发展，在票房方面有一定影响力。

面向儿童文学较为知名的全国性奖项主要有以下几种：第一，全国优秀儿童文学奖。该奖由中国作家协会主办，是国内具有最高荣誉的文学大奖之一。从1980年开始首届评选活动，以后每三年一次，分小说、幼儿文学、诗歌、散文、纪实文学五类。评选标准坚持思想性与艺术性完美统一的原则，兼顾儿童文学中幼儿、儿童、少年三个年龄段。第二，陈伯吹儿童文学奖。该奖1981年由我国著名儿童文学家、教育家陈伯吹先生捐资设立。陈伯吹儿童文学奖是我国目前连续运行时间最长的文学奖项之一，对鼓励和促进儿童文学的创作、培养儿童文学作家起到积极作用。第三，宋庆龄儿童文学奖。该奖是1986年在巴金、冰心等作家的热心倡导下发起设立的，是经中宣部批准，由宋庆龄基金会、团中央、中国作协等共同主办的全国性重要奖项。它以宋庆龄益善、益智、益美的儿童教育观为指导，坚持主旋律和多样化、思想性和艺术性的统一，每两至三年评选一届。第四，冰心奖。冰心奖创立于1990年，由著名作家韩素音女士倡导发起，得到了国内外文学、出版等各界人士大力支持。

综上，改革开放40年的文学奖项设立及评选覆盖面非常广，对各种体裁、题材文学作品的繁荣发展，对各个年龄段作家的健康成长，都起到很好的促进作用。纵观改革开放40年的文学评奖，有以下一些发展趋势尤其值得关注：

第一，由最初官方主导的奖项一统天下发展到民间奖项的知名度和含金量不断提高。奖项的创设主体向着多元化方向迈进，官方背景与民间背景相结合的趋势越来越明显，地方作协、宣传部门、媒体以及赞助商往往共同发起某一奖项。较为知名的民间文学奖项如《南方都市报》2003年3月设立的华语文学传媒大奖，每年颁发一次，下设年度杰出成就、年度小说家、年度诗人、年度散文家、年度评论家、年度最具潜力新人等奖项。

第二，以作家、评论家命名的奖项越来越多。相应的，奖项的设置与冠名者的创作成就相呼应，比如茅盾主攻长篇小说且成绩斐然，那么茅盾文学奖的设立就是用来奖励长篇小说创作的。而且获奖者与奖项命名者之间在精神气质、创作方法、作品风格上也存在千丝万缕的联系，我们可以从中看到获奖者对某种文学传统的致敬及继承。路遥文学奖以其鲜明的现实主义原则作为评奖宗旨及风向标。从获奖者及其代表作来看，也都是以现实主义风格为主导，比如阎真的获奖作品《活着之上》以及其他一系列反映当代社会生活的作品，都秉承了路遥关注现实、扎根生活的创作原则，对社会现实进行一定的思考和批判。据不完全统计，改革开放以来，以现当代知名作家、评论家命名的较为权威的文学奖项举例如表4-1所示。

表4-1　以现当代知名作家、评论家命名的较为权威的文学奖项

奖项名称	创立时间	奖励体裁	主办单位	评奖周期
茅盾文学奖	1982年	长篇小说	中国作家协会	四年
曹禺戏剧文学奖	1994年	话剧、戏剧、戏曲、儿童剧	中国文联、中国戏剧家协会	每年
鲁迅文学奖	1997年	中篇小说、短篇小说、报告文学、诗歌、散文、杂文、文学理论评论、文学翻译	中国作协	三至四年
老舍文学奖	1999年	长篇小说、中篇小说、戏剧剧本、电影、电视剧、广播剧	北京市文联、老舍文艺基金会	两至三年

续前表

奖项名称	创立时间	奖励体裁	主办单位	评奖周期
姚雪垠文学奖	2003年	长篇历史小说	中国作协、中华文学基金会	四年
唐弢青年文学研究奖	2003年	青年文学研究论文	中国现代文学馆	每年
郁达夫小说奖	2009年	中、短篇小说	浙江省作协、《江南》杂志社	两年
路遥文学奖	2014年	长、中、短篇小说，散文	个人发起（高玉涛、高为华）	双年度五年制
丰子恺散文奖	2015年	散文	桐乡市人民政府、《美文》杂志社	两年

表4-1所列的以人物命名的奖项，有一个共同特点就是冠名作家或批评家都具有较为强烈的社会责任感，都是为民族、人民、时代创作的代表，不管是创作成就还是人格修养都堪为文坛楷模。因此，这些奖项也获得了文坛及全社会的广泛认可，具有很强的公信力和号召力。以人物命名的奖项，既有面向全国乃至整个华人文学领域的奖项，也有与作家、批评家籍贯或工作生活地点等密切相关的具有地域色彩的奖项。比如2012年设立的鲁彦周文学奖，参评对象主要为安徽籍，或在安徽工作、居住。非安徽籍或不在安徽居住、工作的作者、编剧，若其创作的文学作品、担任编剧的作品由安徽报刊、出版社正式出版发行或由安徽影视机构拍摄公映的，亦可参加评选。2017年设立的南丁文学奖，评选范围限于评奖时在世的在河南省内生活、工作的作家和在河南省外工作、生活的河南籍作家。这种限制在一定地域范围内的以人物命名的奖项，对激励特定地域作家的创作热情、推动优秀地域文化的发掘和传播、促进特定地区整体文学发展发挥了一定的积极作用。

第三，奖项由全国向各地方辐射，奖项的地方性特征越来越强。如上所述，一些以本区域代表作家命名的文学奖项开始向各地方倾斜，与地方文学发展和作家队伍建设密切相关。此外，还有一些直接以地域或地标命名的奖项，如“中国作家”鄂尔多斯文学奖，由中国作协、《中国作家》杂志社和内蒙古鄂尔多斯市人民政府共同创办设立，面向全国公开出版的文学艺术作品进行评选。再比如由《西湖》杂志社、杭州市文联创研室共同主办的西湖新锐文学奖等。文学评奖活动向地方辐射，有力带动了地方文学事业的发展，促进了地方各级文联、作协工作的开展，也激励了各地作家结合所在地域文化风貌，创作更多扎根现实、扎根人民的作品。

第四，随着特定文学类型的蓬勃发展，相关的奖项也应运而出。尤其是网络文学、科幻文学等都有了专属于自己的奖项。浙江省作家协会、中国作协文艺报社、杭州市委宣传部、杭州师范大学四家合作，创立了中国首个类型奖项——西湖·类型文学双年奖。这一奖项的设立与近年来中国类型文学的迅猛发展密切相关。文学畅销书排行榜上屡屡可见类型小说的身影，如武侠、言情、侦探、推理、科幻、历史演义、职场等，加之网络、手机等新媒介对类型小说创作起到的推波助澜作用，类型文学拥有数量巨大的创作及阅读群体。而因为类型文学作品体量庞大，数量繁多，质量也就参差不齐，通过评奖对其进行甄别、对优秀作品进行选拔就有非常重要的意义。近年来，网络文学评奖方兴未艾，很多学院派学者、批评家加入评委队伍中，从更专业、更规范的视角审视浩如烟海的网络文学作品，有助于增强评奖的权威性和公信力，使得真正有价值的、思想性与艺术性兼备的作品进入公众视野。近年来比较知名的网络文学奖项还有茅盾文学新人奖·网络文学新人奖、网络文学双年奖、“金熊猫”网络文学奖等。

改革开放以来各项文学评奖工作规范有序、公平公正地开展起来，评价程序不断优化，公信力不断提升，去粗取精，去伪存真，奖励了一大批德艺双馨的作家、批评家等文学工作者，遴选出一大批兼具思想性和艺术性的优秀文学作品。文学评奖是全社会文化生活中的一件大事，对国家文学事业不断跃升起到促进作用，对作家个体来说有很大吸引力，能够激励作家在竞争中树立精品意识，不断提升创作质量，努力铸就艺术高原和高峰。对广大读者来说，文学评奖也为其获取优秀精神食粮提供了一条便捷渠道。《中共中央关于全面深化改革若干重大问题的决定》指出，要健全文化产品评价体系，改革评奖制度，推出更多文化精品。2015年10月，中共中央办公厅、国务院办公厅印发《关于全国性文艺评奖制度改革的意见》，完善全国性文艺评奖的标准和审批，压缩奖项数量，提升奖项质量，这必将引导和激励健康的创作风气，推动文艺创作从高原走向高峰。

三、传播方式拓展

文学作品以何种方式进行传播、传播效果如何是我们观察改革开放40年文学发展的一个重要面向。新时期以来，文学传播方式的现代化变革得益于先进科技手段的普及应用、人们思维模式的转变、创新意识的增强、审美需求的变化等。改革开放以来，中国文学传播的载体和平台不断建设和拓展，报刊、书籍、网站、院线、剧场等各放异彩，从平面到立体，从静态到动态，从私人空间到公共空间，从现实世界到虚拟世界，多样化的平台和载体为文学的传播及接受提供了各种可能。其中，既有传统的知识输出，也有基于商业模式的文化产业链条延伸，社会效益与经济效益并重是40年来文学传播的突出特色。

1. 传统媒体与新兴媒体并肩发展

改革开放初始阶段，文学作品传播主要依靠传统纸质媒体。“文革”期间文学图书出版受到影响，很多作品被限制出版，一些已经出版的图书受到不公正批判，还有很多作家主动暂缓或放弃了作品出版。改革开放以后，经历了拨乱反正和解放思想的洗礼，纸质文学图书出版进入快车道。一方面，作家个人的创作自由得到恢复，创作积极性越来越高；另一方面，出版机构大胆革新、冲破桎梏、主动出击，组织策划文学图书出版。出版人与作家积极互动，相互扶持。不仅原创文学作品数量增多，作家文集、自选集、全集以及文学研究者的学术专著、评论集、批评集的出版等也蔚为大观。

借助各种渠道所开展的文学教育也促进了文学作品的传播。首先，语文教材以及语文课堂是文学在广大教师和学生间传播的一条重要路径。不论是在义务教育阶段，还是在高等教育阶段，文学教育在立德树人、以文化人过程中发挥的潜移默化作用不容小觑。古今中外的文学作品浩如烟海，学无止境，而语文教材充分发挥其遴选功能，凝练精华，优中选优，将思想性与艺术性俱佳的文学作品汇编成书，引导学生走近经典。各个教育阶段的语文课程及教材都在不断摸索和改革，语文教育在从注重死记硬背的应试教育向注重理解吸收的素质教育转变的过程中，越来越多的优秀文学作品进入学生视野和心灵，文学教育培育滋养了一代代社会主义新人。近年来，反映中华优秀传统文化、革命文化以及社会主义先进文化的文学精品越来越多地出现在语文教材中，对于学生社会主义核心价值观的养成、思想道德修养的增进、艺术审美能力的提升都具有重要意义。文学教育不只在学校课堂进行，还延伸到课堂之外，以更灵活的形式面向全社会文学爱好者进行知识输出。近年来中央电视台推出的一系列文学类、文化类电视节目，如《百家讲坛》《中华诗词大会》《经典咏流传》等在社会上引发强烈反响，这些节目从思想内容上看，注重中华优秀传统文化和美学精神的传承发展，反映社会主义核心价值观，弘扬主旋律，传递正能量，提升了全民的道德境界、文学素养与艺术品位。从形式上看，这些节目重视前期策划和后期制作，以专家讲授、知识竞赛、嘉宾表演等灵活多样的形式，推陈出新，寓教于乐，获得电视观众的广泛认可，成为文化娱乐类节目中的一股清流。

改革开放以来，文学期刊复刊、改版、创办层出不穷。新时期文学期刊发展概况在第一章已经进行了介绍。后新时期以来，文学期刊尤其是纯文学类期刊经受住了市场经济大潮的洗礼，实现了社会效益与经济效益的双赢。基于对读者群体的细分，各个文学期刊找准定位，明确目标宗旨，凸显办刊特色。老牌纯文学期刊屹立不倒，《人民文学》《收获》《当代》《十月》《西湖》《清明》《山花》《花城》《作家》等，均衡地分布于中国东南西北的各个省市和地区。这些刊物中有的由知名的文学类图书出版社出版，如《人民文学》由中国作家出版集团出版，《当代》由人民文学出版社出版，《十月》由北京十月出版社出版，《花城》由花城出版社出版等；

有的由各级文联或作协主管，如《收获》由上海市作协主办，《山花》由贵州省文联主办，《清明》由安徽省文联主办，《作家》由吉林省作协主办，《西湖》由杭州市文联主办等。不管是文学类出版社出版的刊物，还是各级文联、作协主办的刊物，这类纯文学刊物在文坛上都有着不可比拟的优势地位。首先，刊物历史悠久，坚持纯文学的办刊理念，倡导品质优先，强化自身特色，在文坛积累了良好的口碑。其次，依托雄厚实力，在资金、技术、编辑人员配备方面没有后顾之忧。再次，出版社由于业务原因联系了大量专业作家，作协更是拥有庞大的签约作家群体，因此刊物作者队伍层次较高，稿源充沛，来稿质量较高。最后，出版发行经验丰富，有着相对固定的读者群体，读者可以通过各种便利渠道购买、阅读刊物。

在这些老牌纯文学刊物之外，还有一些有着优异市场表现的、特色更为鲜明的通俗文学刊物（包括准文学刊物），如刊载虚构类文学作品的《故事会》，刊载以散文类作品为主的《读者》等。它们有一些共同特点：刊载的文章大多短小精悍，文章内容通俗易懂，兼具趣味性与哲理性；发行量大，读者阅读门槛较低，具有消遣休闲功能，受到大量处于“浅”阅读状态中的、非文学专业读者的青睐。《故事会》是上海文艺出版社编辑出版的民间文学小本杂志，栏目设置灵活，用稿风格多样，在突出民间特色的基础上兼容并蓄，既有充满传统文化色彩的传奇轶事，也有贴近时代、反映中国当代社会生活的故事，还有各类外国故事。《读者》是甘肃人民出版社主办的综合类文摘杂志，原名《读者文摘》，创刊于1981年1月，1993年第7期正式改名为《读者》，刊载的文章大多能够深入浅出地传递一定的人生哲理、处世之道，起到滋养读者心灵的作用。

以上是原创类文学刊物的情况，各类文学选刊也办得有声有色。当代文学选刊的兴起，肇始于20世纪80年代，它们的流行受益于改革开放以来文学创作的繁荣以及文学市场的复兴。改革开放以来文学作品数量激增，文学创作极大繁荣是好事，可是也给读者带来一定选择上的困难。在最短时间内阅读到最具代表性的优质作品，成为广大读者的迫切需求。在这一点上，选刊发挥了重要作用，选编者以专业的眼光在大量作品中遴选出精品汇编成刊，方便了研究者与普通读者对高品质作品的阅读需求。比较知名的文学选刊有《小说月报》《小说选刊》《中篇小说选刊》《长篇小说选刊》《散文选刊》《中华文学选刊》《港台文学选刊》《儿童文学选刊》《新世纪文学选刊》《思南文学选刊》等。选刊与原创期刊构成伙伴关系，原创期刊为选刊源源不断地提供稿件，选刊通过选拔优质稿件扩大了原创期刊的影响。两者互相扶持，共同繁荣，促进了改革开放以来优秀文学作品的传播。

专业文学期刊的文章一般篇幅长、块头大，一些篇幅短小的文学作品很难在上面发表，只好通过其他渠道发表，比如综合性报纸的文艺副刊。影响力较大的文艺副刊有《人民日报》的《大地》、《光明日报》的《东风》、《解放日报》的《朝花》、《新民晚报》的《夜光杯》、《文汇报》的《笔会》、《羊城晚报》的《花地》等。文艺副刊受版面所限，不可能发表过长的作品，因此诗歌、散文、随笔、短篇小说等较为常见，由于报纸受众广泛，文章多为群众喜闻乐见、贴近现实生活、具有趣味性的题材，语言风格也较为生动活泼。

报纸文艺副刊见证了很多具有崭新气象的重要作品的面世。比如巴金先生的《一封信》、卢新华的《伤痕》等就首发于《文汇报》的《笔会》上。有的文艺副刊还具有鲜明的地方性特征，和报纸所在城市的文化风格息息相通，成为传递城市文化、彰显城市精神的窗口。比如《新民晚报》副刊《夜光杯》，对上海风貌的传神再现与审美表达，生动深刻地反映出一个副刊和一座城市的紧密关系，成为城市文化的一张名片。当然，同一座城市中不同报纸的文艺副刊也各具特色，形成互补，比如同在上海的三家报纸的副刊，《新民晚报》的《夜光杯》兼收并蓄，雅俗共赏，五味杂陈；《文汇报》的《笔会》重学识，文化气息浓郁；《解放日报》的《朝花》凸显社会责任，以鲜明的思想观点引导读者。

文学作品在不同时期具有不同的传播渠道，文学作品经由何种方式、何种渠道进入读者视野也是一个值得关注的问题。20 世纪 80 年代以来兴起、90 年代达到鼎盛的“出租书屋”在当代文学传播活动中扮演了值得关注的角色，这是随着改革开放应运而生的一种独特文化现象。出租书屋在经营模式上体现了个体经济的复苏和发展，普通百姓通过合法经营增加个人收入，这也是经济体制改革惠及民生的直接体现。出租书屋大多门面及内部空间较小，开在城镇中人流较为密集的地点，如车站、学校、集市周边。图书类型主要是通俗文学，具体包括武侠小说、言情小说、动漫等畅销类图书。一般来说，上述畅销类图书具有广阔的读者群体，对读者年龄、学历等方面的限制相对较小。比之理论著作及精英文学作品的深奥晦涩，畅销类图书因为“好读”“易懂”，而成为大众消遣、娱乐的重要选择。且畅销类图书阅读具有“一次性”特征，被反复重读的可能性小，不太会成为常用工具书、案头必备书，被读者购买、收藏、研究的可能性比较小。基于以上原因，这类具有市场价值且可读性较高的图书以出租的形式进行流通传播，也就具备了可行性和必要性。

出租书屋的兴盛，也从一个方面反映了文学领域“开放”的良好形势，因为从图书作者构成来看，出租书屋中最受追捧、流通范围最广的武侠小说和言情小说很多出自港台作家或海外华人作家之手，如金庸、梁羽生、琼瑶、席慕蓉、亦舒等。这些作家在改革开放以前，不为大陆读者所熟知，其作品在大陆也基本不见踪迹。随着改革开放大门的开启，他们的作品才逐渐广泛传播开来。来自日本等国家的动漫作品更是在青少年中风靡一时。出租书屋中的图书大多属于通俗读物，数量巨大，质量参差不齐，且有盗版图书混杂其中，导致图书在思想内容、文字水平、装帧质量等各方面存在一定瑕疵。但是出租书屋作为特定时期一种备受追捧的文学空间及文学传播渠道，它们的存在在文学流通与传播史上具有阶段性意义。它们丰富了一部分读者的精神文化生活，对激发大众的阅读热情发挥了一定的积极作用。进入新世纪以来，人们的精神文化需要、文化娱乐途径越来越多样化；随着人民生活质量不断改善以及图书销售渠道的拓宽，人们的图书购买力有所提高，在一部分读者那里以买代租的形势有所抬头；此外，随着科技的发展，网络的普及，人们阅读习惯产生分化，阅读媒介从纸质图书扩大到电脑、电子书、手机等，传统的纸媒文学逐渐失去原有的市场竞争力。上述原因导致出租书屋的经营模式难以为继，书屋日渐冷清乃至销声匿迹。

科技革命是社会文化发展的主要推动力量之一，数字科技造就了一个高度信息化的网络世界，这也促成了文学传播媒介甚至文学内容本身的革命。新世纪以来，互联网（包括移动互联网）的普及使文学作品的创作、发表、传播、阅读方式发生了革命性的变革。第三章论述新世纪的网络文学时主要讨论网络文学的内容、题材、审美取向等。在这里则着重从外部的角度，就网络文学的载体及生产方式加以分析。

近些年来，推动传统媒体与新兴媒体融合是国家在文化领域全面深化改革的重要举措之一。2014 年 8 月 18 日，中央全面深化改革领导小组第四次会议审议通过了《关于推动传统媒体和新兴媒体融合发展的指导意见》。中央全面深化改革领导小组组长习近平总书记强调，推动传统媒体和新兴媒体融合发展，要遵循新闻传播规律和新兴媒体发展规律，强化互联网思维，坚持传统媒体和新兴媒体优势互补、一体发展，坚持先进技术为支撑、内容建设为根本，推动传统媒体和新兴媒体在内容、渠道、平台、经营、管理等方面的深度融合，着力打造一批形态多样、手段先进、具有竞争力的新型主流媒体，建成几家拥有强大实力和传播力、公信力、影响力的新型媒体集团，形成立体多样、融合发展的现代传播体系。要一手抓融合，一手抓管理，确保融合发展沿着正确方向推进。

为积极贯彻习近平总书记关于媒体融合发展的重要讲话精神，结合出版业实际情况，进一步提高出版业在信息化条件下的影响力、传播力和竞争实力，推动传统出版和新兴出版融合发展，把传统出版的影响力向网络空间延伸，2015 年 3 月 31 日，国家新闻出版广电总局、财政部联合印发《关于推动传统出版和新兴出版融合发展的指导意见》。该意见的出台为实现传统出版和新兴出版融合发展指明了方向，提出了任务，阐明了路径，提供了遵循。

互联网技术和新媒体改变了文艺形态，催生了一大批新的文艺类型，也带来文艺观念和文艺实践的深刻变化。由于文字数码化、书籍图像化、阅读网络化等趋势的显现，文艺乃至社会文化面临着重大变革。最初的网络文学是将纸质媒介上写作发表的文学作品“搬到”网络上，后来出现了一批专为网络写的文学作品。这时，网络文学的定义逐渐清晰，网络文学（online literature）与网上的文学（literature on the line）不再是同一个概念。文学作品写作与传播从印刷时代迈向网络时代，初现这一苗头之时，绝大多数读者还很难接受这一变化，只是将网络传播当作印刷传播的补充。但随着电脑及网络的大规模普及，一大批乐于在网络从事文学创作的作家应运而生，广大读者尤其是青年人群的阅读理念与阅读方式也潜移默化地发生了变化，注意力逐渐从纸媒转向网络。

从2000年开始，一批具有代表性的网络文学作品在文坛产生影响，如安妮宝贝的《告别薇安》（2000年）、今何在的《悟空传》（2001年）、慕容雪村的《成都，今夜请将我遗忘》（2002年）等。光靠个别作家的努力，还不足以使网络文学获得迅速发展，专业性网络文学网站的出现，成为网络文学发展繁荣的重要契机。2003年10月，起点中文网开启在线收费阅读即电子出版的商业运营模式，向网民读者提供有偿阅读服务，用订阅费支付作者稿酬并维持网站运营。这是一个具有转折性意义的开端，也是一个令人欢欣鼓舞的起点，由此开始，出现了越来越多的职业网络文学作家，网络文学成为不可阻挡的力量，日益显示出其发展的优势。

2015年3月，盛大文学与腾讯文学合并成立阅文集团，集团成为引领行业发展的正版数字阅读平台和文学IP培育平台，旗下拥有中文数字阅读品牌集群：起点中文网、起点国际、起点女生网、创世中文网、云起书院、红袖添香、潇湘书院、小说阅读网、言情小说吧等网络原创与阅读品牌；中智博文、华文天下、聚石文华、榕树下等图书出版及数字发行品牌；天方听书网、懒人听书等音频听书品牌。2017年11月8日，阅文集团在港交所挂牌上市，阅文集团商业化道路的成功经验表明，网络文学产业具有巨大的商业潜力，实现了文化生产与文化“升值”的顺利对接。

随着手机移动阅读的升温，一部分网络文学的创作和阅读开始从电脑转向手机，越来越多的阅读、创作类手机软件破土而出。阅读方面有起点读书App、QQ阅读App等，年轻人是主要阅读群体。创作方面有作家助手、汤圆创作、简书、犀牛故事等App。种种迹象表明，“全民创作”已经成为可能，至少在介质、技术等方面已经不存在门槛。

不管是传统的以电脑为介质（PC端）的网络文学，还是新兴的以手机为介质（移动端）的网络文学，都存在以下纸质文学难以企及的优势：

第一，时间优势。网络文学的写作、发行、传播、阅读几乎可以同时进行，在这一点上它完全破除了纸质文学固有的缺陷——“周期魔咒”。从作者方面看，互联网尤其是移动端的普及大大改变了创作受地点、时间、工具等客观条件制约的不利局面，作家时时刻刻都能在手机上完成创作、上传、分享，尤其是可以利用很多零碎的时间来创作，因此兼职网络作家比比皆是。

第二，成本优势。纸质文学的出版，不管是精英的还是通俗的作品，都难以完全无视经济效益，都要受到运营成本、人力成本、材料成本、宣传策划成本等因素的制约，因此出版机构对市场前景难以精准预知；作者同样存在忧虑，知名作者有版税方面的考虑，而高额的自费出版费用使得很多无名的作者望而却步；对图书销售机构而言，不管是国营的新华书店还是个体经营的小店，都少不了经济效益方面的考量。网络文学出版发行则很大程度上破除了上述成本方面的忧虑，当然，说网络文学零成本自然也是不现实的，比如电脑手机需要购买、上网费用需要支付等，但文学创作只是购机上网的众多用途之一，因此其所分担的成本其实非常有限。

第三，互动优势。传统写作者往往不能在图书出版后第一时间内获知读者反映，存在“反馈延迟”的问题，作者甚至不知道自己的作品到底有多少读者。尤其一些精英文学作品，其所得到的反馈很大一部分来自圈内“熟人”或评论家，这些阅读反馈中固然有切中肯綮的客观评说，但也很难说不存在溢美的“捧杀”，总之传统语境中的精英作家与“陌生读者”的接触非常有限，这也决定了作家与读者间信息的不对称。网络文学在作者与读者互动方面则顺畅很多，文学网站或手机 App 上的社交功能，能让作者获得读者的及时反馈，读者可以随时吐槽或点赞，表达自己的阅读感受或阅读期待，读者与作者间能进行即时性、高频次的互动交流。

第四，市场转化优势。近年来，网络文学纷纷走上影视化、游戏化道路，网络文学平台的价值水涨船高。网络文学在中国的迅速发展与“IP热”有密切关系。影视作品以及网络游戏设计等都从体量庞大的网络文学中搜寻“底本”，购买其 IP 并对其进行影视、游戏改编，改编权的出售为网络作家带来巨大的经济利益和社会影响。网络文学改编的影视作品受众更广泛，社会覆盖面更大，近些年很多“现象级”、引起热议的电视剧都来自网络小说。《美人心计》《甄嬛传》等后宫剧，《步步惊心》《宫》等穿越剧，《鬼吹灯》《盗墓笔记》等盗墓悬疑剧，《芈月传》等历史剧，《琅琊榜》等架空历史剧，《花千骨》等玄幻仙侠剧，《何以笙箫默》等都市言情剧皆改编自文学网站的原创作品，在众多原著读者的关注和支持中，纷纷实现了从高点击率到高收视率的转变。上述不少作品还呈现出“跨类型”特征，常将穿越、古装、仙侠、玄幻等各种元素杂糅穿插在一起，形成现实与超现实界限模糊的“奇观”。

总的来说，网络文学创作与阅读较之纸媒文学存在着种种“便利”，网络文学所衍生的经济效益越来越大，但是以上种种“便利”以及对“经济效益”的盲目追逐，却在很大程度上影响和制约了作品社会效益的实现。媒介的差异，使得网络文学阅读呈现浅表化倾向，很多读者以泛读或浏览代替精读，以消遣娱乐心态代替思考和觉悟。表面上网络文学产品的供给呈现极大繁荣，可是从作品内容的思想深度、艺术含量上看仍有很大提升空间。

网络文学要想在未来持续繁荣，就必须从重视数量的粗放型发展模式向重视质量的精准化发展模式转变，这需要多方面的持久努力。首先，创作主体即网络作家应不断加强自身的综合素质尤其是文化修养，树立经典意识、高峰意识，主观上努力消弭与传统作家之间的差别。其次，各级文艺主管部门及单位应落实好引导责任。网络文学主要是由体制外作家发起和推动的，有些是兼职作家，有些则是纯粹的自由撰稿人，虽然各级作家协会等官方文艺主管机构无法直接领导他们，但是可以通过多种途径与其进行交流沟通，加大对网络文学作家的引导、培训、奖励力度，使得网络作家在思想、艺术等方面更上新台阶，成为新时代中国文坛生力军。最后，各个文学网站应切实落实监督责任，严格把关。积极推动优秀网络文学作品的发表和传播，展示正能量，弘扬主旋律；对品质低劣的作品则要通过各种手段予以坚决抵制，营造和维护文学网站风清气正的良好氛围。

综上可见，改革开放的春风不仅唤醒了文学创作，也滋养了文学传播，不仅刺激作家作品质量和数量的提升，也促进了文学作品走出作家的笔端，以丰富多样的形式飞入寻常百姓家。文学传播是文学事业发展的重要一环，文学传播连接了创作与阅读，连接了书斋和大众，文学传播的过程不仅是作品社会效益得到最大程度彰显的过程，也是其经济效益不断释放的过程。改革开放以来中国文学传播媒介、方式的革新成为社会、科技、文化等各领域发展蜕变的缩影。

2. 文化体制改革见成效：剧院转企带动文学作品多元化传播

改革开放以来，党和政府积极推动从事生产经营活动的事业单位逐步改制为企业。1992 年 10 月，党的十四大从党政机构与事业单位同步改革的高度，提出了政事分开的事业单位改革思路。1993 年，党中央印发《关于党政机构改革的方案》和《关于党政机构改革方案的实施意见》，明确提出“事业单位改革的方向是实行政事分开，推进事业单位的社会化”。事业单位按照经费的不同来源分为三类：一是经费自收自支的，享受企业的各项自主权，实行企业化管理；二是由国家实行差额补助的，政府在管理上适当放活；三是国家全额拨款的，其数量和规模从严控制。国家相应制定了对自收自支和差额补助的事业单位搞活的支持性政策，促进部分事业单位转为企业化管理。1996 年 7 月，中共中央办公厅、国务院办公厅印发了《中央机构编制委员会关于事业单位机构改革若干问题的意见》。文件提出了事业单位改革的两个方向，其中之一即为能改为企业的要改为企业，科技领域率先开始转企改制的探索。2000 年 5 月，国务院办公厅转发《关于深化科研机构管理体制改革的实施意见》，明确提出“对不同类型、分属不同部门的科研机构实行分类改革”。2000 年 10 月，中央 20 个行业部局或大型公司、376 个科研院所转为企业的阶段任务基本完成。随后，文化领域成为转企事业单位改革的重点领域。2005 年 12 月，由中共中央、国务院下发的《关于深化文化体制改革的若干意见》在总结文化体制改革试点工作的基础上，开始将文化事业单位改革由试点阶段转为向面上逐步推开的阶段。2013 年 11 月 12 日，党的十八届三中全会通过的《中共中央关于全面深化改革若干重大问题的决定》指出：“建立健全现代文化市场体系。完善文化市场准入和退出机制，鼓励各类市场主体公平竞争、优胜劣汰，促进文化资源在全国范围内流动。继续推进国有经营性文化单位转企改制，加快公司制、股份制改造。对按规定转制的重要国有传媒企业探索实行特殊管理股制度。推动文化企业跨地区、跨行业、跨所有制兼并重组，提高文化产业规模化、集约化、专业化水平。鼓励非公有制文化企业发展，降低社会资本进入门槛，允许参与对外出版、网络出版，允许以控股形式参与国有影视制作机构、文艺院团改制经营。支持各种形式小微文化企业发展。”国务院办公厅于 2014 年 4 月 2 日印发《文化体制改革中经营性文化事业单位转制为企业的规定》和《进一步支持文化企业发展的规定》。财政部、国家税务总局、中宣部于 2014 年 11 月 27 日联合印发《关于继续实施文化体制改革中经营性文化事业单位转制为企业若干税收政策的通知》。上述文件为经营性文化事业单位转企明确了方向，指明了道路，提供了政策支持。

转企的改革使得经营性文化事业单位在压力中获得了发展动能，增强了自身本领，创造了红利，激发了单位与个人的活力，促进了文化大发展大繁荣以及文学作品的多元化传播。陕西人民艺术剧院有限公司、北京市海淀剧院是转企改制的两个典型个案。

陕西人民艺术剧院有限公司原为中国人民解放军第十九军文艺工作团，成立于 1948 年。中华人民共和国成立初期，文工团人员集体转业成立陕西省话剧团；1960 年改建为陕西省人民艺术剧院；2009 年 10 月 28 日更名为陕西人民艺术剧院有限公司。2012 年李宣被聘到陕西人民艺术剧院有限公司当院长时，陕西人艺七年已无大戏，剧院大部分的人在外做生意。李宣说：“我觉得转企确实有阵痛，它有一个断奶期，断奶之后要换一种吃饭的方式。”李宣口中新的“吃饭的方式”，其中一个重要方面就是实行单剧目股份制。这种模式由多位职工联合投资入股进行单剧目创作，职工入股模式初次尝试在 2012 年 12 月，刚开始只有九名职工入股创排、演出，但效果出奇好，第一次尝试取得了成功。接着由最初的九名职工开始分头创作，用李宣的话说“就像一个孵化基地，开始分头孵化”。就这样，小剧场真正地带动了大剧院，极大地调动了职工创排、演出的积极性，让剧院增强了市场竞争力，也让职工获得了经济回报。2013 年后半年开始，每场话剧的上座率保持走高，大批出走的演员也都回归剧院，全院上下恢复活力。“需求”反过来也在刺激“供给”。一些观众并不满足只看小剧场、小剧目。于是陕西人民艺术剧院有限公司又开始进行新的尝试。2013 年底他们开始对接陈忠实的长篇小说《白鹿原》，2015 年 12 月陕西人民艺术剧院有限公司版话剧《白鹿原》首场演出就反响热烈，之后《白鹿原》在多地演出，大获成功。李宣说，陕西人民艺术剧院有限公司现在只有一个品牌戏，未来希望排演更多的品牌戏。2017 年底，陕西人民艺术剧院有限公司推出《平凡的世界》，签约 3 年，大概有 200 场演出。

另一个剧院转企的成功范例是北京市海淀剧院。北京市海淀剧院始建于 1980 年，原名海淀影剧院，1985 年更名为海淀剧院，2001 年 3 月由北京市海淀区政府投资重建，2003 年 12 月 28 日重新开业。海淀剧院是海淀区的文化地标之一，是北京西北部地区一座建筑一流、设备一流、功能品质一流的综合性大型文化设施。近几年，海淀剧院每年平均承接近 300 场商业演出，在全国同行业中名列前茅，与多家知名演出团体建立了长期的战略合作。2015 年，海淀剧院演出剧目达到了 300 余场，接待观众 20 余万人，成为话剧、音乐剧、儿童剧的重要演出场所，仅都市爆笑话剧《开心麻花》就在这里演出了 180 余场。长期的市场化运营模式为海淀剧院转企提供了坚实的基础。2016 年 2 月 26 日，北京市海淀剧院有限责任公司揭牌仪式举行，海淀剧院成为区内第一家完成转企改制的事业单位，正式转型成为具有独立法人资格的公司制现代企业，成为区属国有企业海淀置业集团的子公司。转企改制后，海淀剧院以演出为核心，大量聚集国内外优质演出资源，引入全国乃至世界范围内更多的优秀剧目，将自身打造成为区域文化产业的新品牌、文化艺术传承的新平台、公共文化服务的新阵地。

戏剧、文学难分彼此，导演、编剧、作家关系密切，不管是优秀的电影、电视剧，还是优秀的戏剧作品，都离不开文学思想、文学作品的支撑；而优秀的文学作品尤其是经典巨制也需要通过影视、戏剧来实现广泛的传播。文化体制改革，尤其是经营性文化事业单位转企成功的实践，使得越来越多的文学作品走出纸面，被请进剧院、搬上舞台。这也使得多方因此而受益：作家作品以更加生动活泼的方式得到广泛传播和认可，剧院收获巨大的社会效益与经济效益，广大人民群众的精神文化生活也更加丰富多彩。

四、文学批评勃兴

文学批评拥有与其研究对象——文学作品同等重要的地位和作用。改革开放以来，文学批评事业取得长足进步，一方面得益于文艺理论建设的不断深入，另一方面也得益于文学创作实践取得的累累硕果。文学批评作为一项将文艺理论与文学创作紧密结合的工作，在文学事业的发展大局中扮演不可替代的角色。

1. 学院派批评家的工匠精神彰显

改革开放以来，中国高等院校及学术研究机构发展成就斐然，人才队伍建设成果喜人，具体到文学领域，这是学院派批评（亦称“精英批评”）兴旺的重要前提。学院派批评家主要指身在高校或其他学术研究机构的文艺批评家，他们大多是文学、艺术等专业科班出身，拥有较高学历。他们进行文学批评的阵地主要是各类学术期刊，也会以出版专著的形式展现其文学批评的成果。这类学术成果的阅读者主要是同行专家、作家、文学专业的师生等。

学院派批评家具有工匠精神，对文艺批评事业发展贡献很大。何谓工匠精神？这是一种对自己所生产的产品精雕细琢、精益求精的理念，是一种追求完美的执着精神。对批评家而言，每一篇论文、每一部著作、每一次演讲都是其脑力劳动与体力劳动相结合而生产出的“产品”。学院派批评家的工匠精神主要表现在以下几个方面：

治学精神上独具匠心。改革开放以后，文艺学、中国现当代文学等学科的建设不断迈上新台阶，这使得文艺批评逐渐走上科学化、学理化道路，学术规范得以树立并得到广泛认同和遵守。文艺批评所采取的不再是政治性、印象式、抒情化的语言，更破除了“文革”期间那种乱棍打人的非理性模式。文艺批评力除沉疴，不再充当阶级斗争和图解政治的工具，而是更加重视文艺发展的内部规律，更加贴近时代、贴近文艺作品、贴近人民生活。

文艺批评家善于思考，问题意识突出，创新思维，力避陈言，独树一帜。他们善于在新的时代背景下和文学语境中，透过对大量文学作品持续而细致的观察研究，总结规律，突破性地提出新问题、新概念、新命名，概括新现象、新流派，大大拓展了文艺批评的话语场域，孕育了文艺批评新的生长点；他们善于跟踪作家作品动态，在大量文学作品中及时挖掘精品，并从专业角度进行评介和阐释，反过来也激发了作家对自己作品的深入思考；他们对不良文学现象、劣质文学作品敢于亮剑，大胆批判；他们的方法论意识更加自觉和明确，弃用生硬而机械的研究方法，协调内部研究和外部研究，借鉴人文社会科学其他领域的科学方法，以跨文化、跨学科的理论视阈，寻找与研究对象相适应、相贴合的研究方法，最大程度挖掘和阐释文艺作品的精神内涵与艺术价值。

学院派批评家的文章彰显“匠气”。规范造就精品，细节决定成败，一些细微的学术规范看似表面功夫，却最能见学者的内力。学术研究没有横空出世的捷径，有价值的研究成果一定建立在前人丰富的研究经验之上，建立于浩瀚的史料文献的积累之上。在这一点上，改革开放以来的文艺批评有不少可圈可点之处。大批文艺批评家更具理性精神，从驳杂材料中采集精华为我所用，从细节入手，确保材料、数据及引文的真实无误，注释和参考文献的完整规范，语言的精打细敲，段落的起承转合，论述的丝丝入扣，文字和标点符号的准确使用……没有这些细微之处的用力打磨推敲，之前的所有积累都难以形成合力。从学术精神、学术方法的角度看，学院派批评的规范发展在一定程度上得益于学界对西方科学精神以及现代学术规范的吸收和借鉴，得益于改革开放条件下学术界立足中国、面向世界的开放心态和包容精神。

学院派批评已经取得的成绩令人欣喜，未来发展任重道远。就学术研究而言，有生产设想、现成方法、材料储备还远远不够。事实证明，这不是一个知识储备不足的时代，这不是一个方法范式亏缺的时代，我们缺少的是在实践中能将诸种要素有机融合的能思考、敢发问、深钻研、重细节的“生产者”。学术领域的产品供给数量，已经远超我们的想象，鸿篇巨制层出不穷，各色期刊亦是高朋满座，可是，不少评论文章或陈旧，或雷同，或浮夸，或溢美，与学界同人及后进的高层次精神需求有差距。工匠精神的核心应该是臻于完美的“精神洁癖”，是精益求精的摸索与实践。此外，学院派批评还要走出以西方理论图解和裁定中国文学创作实践的强制阐释的怪圈，对西方理论我们既不能置之不理，也不能一味拿来。

学院派文学批评所蕴含的工匠精神，一方面，有利于文艺理论工作者坚定文化自信与理论自信，推动中国文论话语体系创新，有利于中国特色社会主义文艺理论的阐释和建构，提升文艺研究的整体水平；另一方面，为作家创作实践提供积极的引导，纠正创作领域的不良风气，推动文艺事业健康发展。

2. 媒体批评蓬勃发展

改革开放40年来，文艺的媒体批评取得新成就，不断提升层次，向纵深发展。这里的媒体批评主要指以面向大众的报刊、互联网、自媒体等为媒介的文艺批评，它是与以学术期刊、专著等为载体的学院派批评（精英批评）相对应的一种批评。广义的媒体包括学术期刊、专著等，因此这里所谓的“媒体”取其狭义，指更加突出文艺批评的大众性、通俗性、时效性的大众媒体。

精英批评讲求“常”，多关注经典作家作品，重学理与考据，文风持重，长于学术史的梳理及理论的深入挖掘，引文注释完备翔实；媒体批评讲求“新”，关注新人、新作、新事件、新气象，重论辩与辞章，强调文学批评对社会现实的能动作用。从作者主体角度看，精英批评以高校及科研院所的研究者为主体；媒体批评的主体更为多样化，不仅有上述学人，还有大量媒体从业者、自由撰稿人、普通网民等。就读者群体来看，精英批评面向专业学术领域的较高层次研究者；媒体批评主要面向对文艺怀有兴趣并保持密切关注的大众。从篇幅考量，精英批评篇幅更厚重，尤其是在专业权威期刊、大学学报上发表的多为以万字计的大块头文章；媒体批评则长短不一，报刊限于版面要求，讲求短平快，杂志和互联网上的媒体批评篇幅比报刊更加灵活。

文艺的媒体批评往往在第一时间对文艺事件、文艺现象做出回应，语言简洁有力、直击要害，因受众广泛，也容易迅速获得影响力。中国文艺媒体批评的兴盛始于新式报刊大量涌现的 19 世纪末 20 世纪初，与晚清近代以来的社会变革关系密切。这一时期纸媒新闻传播事业不断壮大，媒体批评出于社会改良的需要而彰显其影响力。晚清维新派的办报活动对我国近代社会批评、文艺批评的发展起到了开拓性作用，其贡献之一就是创造了“报章体”这种不同于桐城派古文的通俗文体，影响了其时及后世的文风。报章体反映了维新派要求变革的文化抱负以及对西方新思想、新观念、新名词大量涌入中国的回应。既为办报人又为撰稿者的梁启超等开风气之先，为倡导小说界革命写就大量明快畅达且带有一定政论性质的报刊批评文章，如《中国唯一之文学报〈新小说〉》《论小说与群治之关系》《小说丛话》等，起到了变革文艺观念、推动中国文学尤其是小说近现代化转型的重要作用。五四时期，文艺的媒体批评更加成熟。陈独秀、胡适、刘半农等五四新文化运动先驱在《新青年》等阵地上发表了多篇文艺批评文章，将历史成绩与现实问题、理性思考与感性体悟相结合，对文艺推陈出新、观念变革具有直接的推动作用。这些文字经过百年历史洗礼，今日读来仍然富有鲜活的生命力。鲁迅的大量批评文章也多首发于《新青年》《晨报副刊》《莽原》等报刊，短小犀利，具有直面现实的“战斗”精神，同时也不乏精深学问作为根基，对学术传统有总体性把握，对历史典故能够信手拈来，古今贯通、中西互照，传递了比较密集的学术信息。

随着传播介质的变化，改革开放以来的文艺媒体批评与百年前相比已经发生了巨大变化，呈现出多元的文化表征及表达策略。纸媒一统天下的局面一去不返，互联网媒体纷纷抢占批评高地，与纸媒分庭抗礼、各领风骚。当下，媒体批评对精英批评构成了相当程度的挑战，尤以网媒对精英批评构成的“威胁力”为甚。

互联网时代文学网站、博客、微博、微信的普及使得文学批评话语权呈现出百花齐放的局面。网络批评具有较强的话题性，网民常围绕某一文坛热点问题展开议论争辩。近年活跃于网络的热门批评对象有“80 后”作家作品（如韩寒、郭敬明）、重大奖项获奖作品（如诺贝尔文学奖、雨果奖）、文学评奖制度（如茅盾文学奖、鲁迅文学奖）、重大题材影视剧（如抗日剧、古装剧）等。

批评主体的分散性及人员构成的复杂性使得媒体批评的互动性大大增强，文学批评话语对峙交锋的力度也日趋加大，互联网成为百家争鸣的话语场域。常见的情形是：从历时角度看，后来话语不断替代旧有话语；从共时角度看，面对同一个批评对象，论辩双方针锋相对、各执一词，其各自背后还有无数跟帖力挺的普通网民，如此一来就容易促使某一具体的文学批评事件上升为具有广泛社会文化意义的网络舆论焦点。

在互联网媒体迅速蔓延的当下，在网络文艺作品井喷式涌现的今天，互联网批评必须强调态度立场，把握尺度方向，力求与互联网文艺创作的蓬勃发展势头相适应，并保持良性互动。互联网是一个虚拟空间，用户处于一定程度的隐匿状态，但批评不应是虚无、虚伪、虚假的文辞，互联网不是批评者随意宣泄非理性情绪、释放不负责任观点的场域。批评者必须避免空洞无物、立场游移、语焉不详的模糊式批评；避免缺乏凭据、暴戾粗鲁、伤害人格的意气式批评；避免乱戴高帽、夸大成绩、回避问题的恭维式批评。网络批评要谨守批评伦理，将中肯的评判与同情的理解相结合，减少人际关系、商业利益等非文艺内在因素的干扰，力求使批评话语更具理性，不辜负创作者与受众的期待，更经得起现实与历史的考验。否定性的批评必须以不恶意伤害批评对象的尊严为前提；赞扬性的批评也必须建立在力避空脱溢美之词的基础之上。棒杀或捧杀，均违背了对批评主体话语的伦理要求，既直接或间接地伤害了批评对象，也对互联网文艺批评的健康发展产生了不利影响。

文学的精英批评与媒体批评有所区别，但并非泾渭分明。精英批评固然长于文献搜集、逻辑架构、学理阐发，但也不应失去对社会现实的敏感和关切；媒体批评在关注当下、贴近前沿的同时，也不应放弃承担学术积累与文化传承的使命。

精英批评与媒体批评皆应掌控好当下性与历史性的平衡问题。有的批评家执着于“跟进式”“追踪式”“零距离”批评，批评家关注时新话题无可厚非，但是若仅仅拘泥于捕捉层出不穷的信息碎片则不可取。必须强调，文学的“当代”批评不等同于“当下性”批评，当代批评恰恰要对“当下”保持一定警惕与反思，须破除急功近利思想，走出浅表化、媚俗化批评的陷阱。当代文学批评要在迫近感与疏离感、在场感与历史感之间寻求合理支点，使批评话语既不忽视现实关切，又裹含一定的历史深度和思想厚度。

改革开放以来，文学评论的阵地建设和队伍建设的加强，离不开一系列积极健康的批评媒介及批评主体的参与。批评者既可以用精英批评的方式对积累已久的史料与史识条分缕析、严谨铺排，也可以用媒体批评的笔法抓住思想火花、直击问题要害。两种方式宜在保持个性的同时相互取法，相得益彰，共同肯定成绩、查找问题，以促进中国特色社会主义文学创作与评论事业的繁荣。

3. 当代文艺批评事业发展的成就与瓶颈

文学创作为文艺批评提供原材料，文艺批评反过来矫正、引领文学创作。改革开放以来，文艺批评工作取得突出成绩，主要表现在以下几个方面：

第一，文艺批评队伍不断壮大。各级作协重视文艺批评家队伍建设，探索建立完善签约评论家制度，培养一批优秀骨干文学评论家，引导他们对作家进行跟踪指导，探索文学创作现象和发展规律。各地文艺批评家协会纷纷建立，由老、中、青三代组成的文艺批评队伍人才济济。

第二，文艺批评风气持续向好发展。文艺批评正在向构建自身知识体系的方向发展，逐步走上学理化、规范化、高质化的道路，文艺批评家能够综合运用历史的、人民的、艺术的、美学的观点评判和鉴赏文学作品和现象。

第三，文艺批评活动受益于文艺理论乃至哲学思想，同时反哺文艺理论与哲学界。基于对文艺作品的观察阐释，文艺批评通过对具体文学现象及作品的抽象凝练，来充实文艺理论及哲学领域的概念、话语、知识体系等。

第四，文艺批评对文学创作的影响力逐步增强，遴选、甄别、举荐、批判的作用得到充分发挥，成为广大文学爱好者择取优质文学作品的可靠向导。

习近平总书记在文艺工作座谈会上的讲话中尖锐地指出了当下文艺批评中存在的问题：“文艺批评要的就是批评，不能都是表扬甚至庸俗吹捧、阿谀奉承，不能套用西方理论来剪裁中国人的审美，更不能用简单的商业标准取代艺术标准，把文艺作品完全等同于普通商品，信奉‘红包厚度等于评论高度’。文艺批评褒贬甄别功能弱化，缺乏战斗力、说服力，不利于文艺健康发展。”

文艺界从来不乏评论家的身影，文坛每出现新人、新作、新事件，他们总能在第一时间现身发声，及时跟进，加以评述。但是形形色色的批评存在很多问题：评价标准参差不齐，评论话语缺乏规范，问题意识不鲜明，随意性、印象式、主观化评论盛行，学理支撑不足……凡此种种，导致文艺批评严肃性和公信力缺失，人们在文艺公共领域中感到迷茫，对什么是文艺“高原”“高峰”的问题无力解答。以下一些文艺批评现象尤其值得注意：一是将私域话语植入公共语境，将未经反思斟辨的即兴感受转化成面向公众的话语实践，其中因掺杂某些私人情感因素，而使公众质疑其评论话语的公信力。不可否认，文艺批评是主观性较强的一项工作，与评论主体的个人喜好息息相关，但是完全以个人感受力代替艺术公赏力，恐怕也难以取信于人。二是打官腔式的评论。这是官僚主义和形式主义在文艺批评中的显现。评论不贴近作品，甚至曲解作品，或以居高临下的态度，以宣传、说教式的口吻裁决作品优劣。三是被市场制约的评论。在市场经济大潮中，评论家的品鉴标准被市场因素牵制的现象屡见不鲜。在这一点上，艺术评论比文学评论更容易受到市场的左右，比如评论家对书法、绘画等各类艺术品的评价可能直接影响创作者的市场推崇度及艺术产品的市场价格。艺术评论成为牵制艺术品市场的重要因素，画评、乐评、影评直接影响拍卖价格、唱片发行量、票房收益等。

我们要兼顾文艺创作的社会效益和经济效益，其中社会效益是前提和根本。而文艺批评家的第一要务是从社会效益角度对作品进行评价，而非在经济效益面前俯首称臣。我们希望文艺精品能获得与其社会效益等量齐观的经济效益，但决不能为了追求经济效益而抽去文艺精品的底线，模糊标准，混淆高下，甚至颠倒黑白地将粗制滥造、充斥着功名利益之心的作品评判为精品。文艺批评家务必端正态度，恪守职业操守，坚持客观公正的评判标准。

面对改革开放以来文艺批评界展现的新气象、新成绩，我们要大力肯定和弘扬，遇到新问题也要勇于面对并及时解决，只有如此，文艺批评才会正确引领文艺创作的道路，才会继续为社会主义文艺事业的繁荣稳定发展添砖加瓦。

五、法规制度健全

依法治国是中国共产党领导人民治理国家的基本方略，是发展社会主义市场经济的客观需要，也是社会文明进步的显著标志。改革开放以来，文学事业的发展离不开宪法和法律的坚强保障，离不开规章制度的有力规约和积极引导。

“明者因时而变，知者随事而制。”随着改革开放的不断深入，与文学事业发展相关的各项法律法规也在不断制定、修改、完善之中，以适应不断变化着的国情和世情。《中华人民共和国著作权法》，是与广大作家切身利益关系最为密切的一部法律。它是调整作品创作、传播、使用过程中各种社会关系的法律规范，以保护文学、艺术和科学作品作者的著作权以及与著作权有关的权益。作为一部集鼓励创作、促进运用和强化保护于一体的法律，《著作权法》的出台及修订，对促进文艺事业健康有序繁荣发展，进一步提升国家软实力具有重要意义。

《著作权法》的制定工作始于改革开放之初，早在 1979 年，当时的国家出版局就向国务院呈报了关于制定版权法的报告。1990 年 9 月 7 日，七届全国人大常委会第十五次会议通过了新中国的第一部《著作权法》，并自 1991 年 6 月 1 日起正式实施。2001 年 10 月 27 日，《著作权法》进行了第一次修订，主要是为了满足加入世界贸易组织的需要，对我国《著作权法》与世界贸易组织《与贸易有关的知识产权协议》不一致的地方进行修改和补充，以及回应互联网等新技术对传统著作权制度的挑战。这次修订不仅使《著作权法》从56条增加到了60条，增加了杂技艺术作品、建筑作品等作品类型和著作权人的专有权利，尤其是增加了网络传播权，还确立了著作权集体管理制度，增加了技术措施和权利管理信息的保护，并调整了法定许可的范围，增加了法定赔偿、刑事责任以及诉前临时措施等规定，进一步加强了对著作权的保护力度。

2010年2月26日，《著作权法》进行了第二次修订，在距上一次修订近10年的时间里，互联网的迅猛发展对著作权制度提出了新的挑战，考虑到第一次修订主要从满足加入世界贸易组织的要求出发，在整体上对完善法律注意不够，有许多问题遗留下来亟须解决，国家版权局早在2007年就开始启动相关的调查研究工作。第二次修订将《著作权法》第四条修改为：著作权人行使著作权，不得违反宪法和法律，不得损害公共利益。国家对作品的出版、传播依法进行监督管理。此外还增加了质押登记部门规定等。

为适应我国经济发展、改革开放深入、国际地位提升的新形势、新情况和新要求，我国《著作权法》第三次修订于2011年启动。根据国务院2011年的立法计划和工作安排，国家版权局作为国务院主管全国版权管理工作的职能部门，具体承担了《著作权法》第三次修订的起草工作。目前第三次修订工作还在紧张推进之中。

全面建成小康社会，实现中华民族伟大复兴的中国梦，需要更多无愧于民族、无愧于时代的文艺作品提供强大的价值引领力、文化凝聚力、精神推动力。党的十八大以来，尤其是2014年文艺工作座谈会召开以后，一系列文艺发展新举措、新规划陆续出台，环环相扣，布局谋篇，成为党中央治国理政新实践的重要组成部分。

为深入贯彻党的十八大和十八届三中、四中全会精神，认真落实习近平总书记在文艺工作座谈会上的重要讲话精神，繁荣发展社会主义文艺，中共中央办公厅、国务院办公厅于2015年10月3日印发《中共中央关于繁荣发展社会主义文艺的意见》，全面部署、细化落实习近平总书记文艺工作座谈会讲话精神，为文艺发展绘制了清晰的路线图、提供了有力的政策与制度保障。2015年岁末，中共中央办公厅、国务院办公厅公布《关于全国性文艺评奖制度改革的意见》，要求破除评奖过多过滥、奖项重复交叉、程序不尽规范、个别作品脱离群众的弊端，以压缩数量提升质量，以规范评审扶持精品、引导创新。2016年1月，《2016－2017年全国文艺骨干和管理干部培训工作规划》出台，由中宣部和中国文联共同举办的深入学习贯彻习近平总书记文艺工作座谈会重要讲话第一期专题培训研讨班启动，拉开了全国文艺骨干和管理干部培训的大幕。2017年9月4日，国家新闻出版广电总局、发展改革委、财政部、商务部、人力资源和社会保障部五部委联合下发了《关于支持电视剧繁荣发展若干政策的通知》，对我国电视剧行业的发展提供若干政策支持。该通知分为十四条，包括：加强电视剧创作规划，加强电视剧剧本扶持，建立和完善科学合理的电视剧投入、分配机制，完善电视剧播出结构，规范电视剧收视调查和管理，统筹电视剧、网络剧管理，支持优秀电视剧“走出去”，加强电视剧人才培养，保障电视剧从业人员社会保障权益，明确新的文艺群体职称评审渠道，加强电视剧宣传评介，完善支持电视剧发展的财政投入机制，引导规范社会资本支持电视剧繁荣发展，加强组织领导。

还有一些新举措、新规划看似与文学事业并不直接相关，但其中某些内容涉及文学事业发展，对文学创作具有潜在的指导和推动作用。比如，2017年1月，中共中央办公厅、国务院办公厅印发了《关于实施中华优秀传统文化传承发展工程的意见》，第一次以中央文件形式推动延续中华文脉，传承中华文化基因，创中华人民共和国成立以来之先河。该意见指出，实施中华优秀传统文化传承发展工程重点任务之一是要滋养文艺创作。善于从中华文化资源宝库中提炼题材、获取灵感、汲取养分，把中华优秀传统文化的有益思想、艺术价值与时代特点和要求相结合，运用丰富多样的艺术形式进行当代表达，推出一大批底蕴深厚、涵育人心的优秀文艺作品。科学编制重大革命和历史题材、现实题材、爱国主义题材、青少年题材等专项创作规划，提高创作生产组织化程度，彰显中华文化的精神内涵和审美风范。加强对中华诗词、音乐舞蹈、书法绘画、曲艺杂技和历史文化纪录片、动画片、出版物等的扶持。实施戏曲振兴工程，做好戏曲“像音像”工作，挖掘整理优秀传统剧目，推进数字化保存和传播。实施网络文艺创作传播计划，推动网络文学、网络音乐、网络剧、微电影等传承发展中华优秀传统文化。实施中国经典民间故事动漫创作工程、中华文化电视传播工程，组织创作生产一批传承中华文化基因、具有大众亲和力的动画片、纪录片和节目栏目。大力加强文艺批评，改革完善文艺评奖，建立有中国特色的文艺研究评论体系，倡导中华美学精神，推动美学、美德、美文相结合。

互联网是新兴媒体的典型代表，是网络文学创作、出版和传播的载体。互联网出版事业在新世纪之初网络文学刚刚起步时，就得到有关部门的高度重视，新闻出版总署、信息产业部联合颁布的《互联网出版管理暂行规定》自2002年8月1日起施行。2014年12月18日，国家新闻出版广电总局印发《关于推动网络文学健康发展的指导意见》（简称《意见》）。《意见》提出，我国网络文学的发展目标是，用三至五年时间，使创作导向更加健康，创作质量明显提升，运营和服务的模式更加成熟，培育一批网络文学出版和集成投送骨干企业，打造一批具有市场竞争力的品牌。《意见》指出，近年来网络文学迅速发展，已成为我国数字出版产业的重要组成部分和网络文艺的重要类型，但同时也存在突出问题。《意见》强调，网络文学要坚持为人民服务、为社会主义服务的根本方向，紧跟时代发展，把握人民需求，始终把创作生产优秀作品作为中心环节，坚持百花齐放、百家争鸣的方针，把社会效益和社会价值放在首位，形成精品力作不断涌现、优秀人才脱颖而出的生动局面，构建优势互补、良性竞争、有序发展的产业格局。《意见》对网络文学重点任务做出了部署，并提出多项推动网络文学健康发展的保障措施。

随着互联网出版业的快速发展，与此相关的规定也与时俱进做了调整和完善，2016年3月10日起施行新的《网络出版服务管理规定》，《互联网出版管理暂行规定》同时废止。《网络出版服务管理规定》分为总则、网络出版服务许可、网络出版服务管理、监督管理、保障与奖励、法律责任、附则七章。互联网出版物包罗万象，网络文学是其中十分重要的一类，因此具体到网络文学也有相关的管理规定。

与网络文学发展相伴的是相关社团的组建与相关规章条例的建立健全。例如，中国互联网联盟成立于2015年1月1日。联盟于2015年相继颁布了《中国互联网文学联盟人才建设战略》《中国互联网文学联盟社团组织管理条例》《中国互联网文学联盟会员作家管理条例》等。

总的来说，依法治国的基本国策在改革开放以来文学发展过程中得到全面落实。党和国家根据经济社会发展的新形势、新要求，制定颁布和修改完善各项法律法规，促进文学事业和文化产业发展进入良性有序的运行轨道，确保了社会效益与经济效益的共同实现，相关单位及文学工作者的法律意识不断增强，自身行为合法合规，自身权益得到保障。

六、国际影响增强

总结改革开放以来中国文学发展的新气象、新成果，不仅要看文学在国内的发展情况，国际影响力也是一个重要评价指标。人类命运共同体的构建与发展，离不开世界各国各地区文化的交流和融合，离不开各民族人民情感的互动与共鸣。文学是世界各地人民相互了解和理解的绝佳手段，中国文学的对外传播对构建人类命运共同体具有潜移默化的深远意义。

1. 促进中国文学“走出去”的有力举措

改革开放以来，中国文学越来越受到世界各个国家和地区的关注，国际影响力越来越显著。后新时期以来，随着对外开放力度的不断加大，广大文学工作者对外交流的热情愈发高涨，他们努力讲好中国故事，大力传播中国声音，积极展现中国风貌，让更多外国民众通过欣赏中国作家的作品，感受中华民族源远流长、经久不衰的艺术魅力，感知当代中国发展的蓬勃气象，加深对中华文化的认识和理解。

在高度信息化的时代，酒香也怕巷子深，在各国文化交流不断加深、文化沟通渠道不断拓宽、媒介高度发达的现代社会，没有主动走出国门进行自我宣介的自觉意识是不行的。中国文学的国际影响力提升，不仅在于作家素养和作品质量的不断提升，也得益于众多外部条件，得益于党和政府对中外文化交流事业的高度重视，得益于改革开放以后各种文化政策的指引和激励，得益于相关单位在落实层面上开阔思路、锐意进取，采取多种行之有效的方法，推动中国文学“走出去”。具体来看，以下几方面工作的顺利开展为中国文学“走出去”奠定了坚实的基础：

第一，翻译工程铸就文学精品出海之路。向世界讲好中国故事，需首先突破“语言瓶颈”。在中国文学日渐走向世界的过程中，翻译的力量功不可没。中国政府对文学“走出去”的资助力度越来越大，启动国家层面的翻译和推广工程，开展海内外合作，以期为中国优秀当代作品的海外传播提供强大支撑。“经典中国国际出版工程”“丝路书香工程”“中国当代作品翻译工程”等几大工程的实施，有效加大了中国优秀文学作品的翻译出版和海外推广力度。

改革开放以来，随着中国外语教育的不断普及和深入，作家及翻译家外语能力的提高，文学翻译及对外传播事业具备了人才基础。此外，为了提升翻译作品的质量，对接国外读者阅读需求，不少出版社对外翻译采取中外合作方式，国内译者先翻译，国外作家用文学语言校正。很多中国青年作家本身就具备较强的外语沟通能力，文学出海之路越来越顺畅。

很多实例可以证明翻译工程对中国文学“走出去”所做出的巨大贡献。麦家的长篇小说《解密》就是“中国当代作品翻译工程”第一期资助的作品。《解密》英文版和西文版销售均超过5万册，英文版进入美国亚马逊总销售排行榜前100名，西文版名列西班牙文学销售总榜第二。2014年，《解密》英文版在美英等21个英语国家一经推出，便创下中国当代文学作品英文翻译销售纪录，并快速闯入西方主流媒体的视野。刘慈欣的长篇科幻小说《三体》系列英文版出版工程历时近4年，工程浩大，恰恰得益于精到的翻译，《三体》系列英文版自上市以来受到空前欢迎。中国科幻文学的国际知名度由此得到提高。

第二，版权合作有条不紊地开展。国外对中国文学作品需求越来越大，以前是其他国家被动接受中国文学作品，现在他们主动购买中国文学作品版权。中国文学作品传播的范围也在不断扩大，以前主要是面向亚洲，现在越来越多地传播到欧美、拉美、阿拉伯国家等地区，翻译语种也越来越多。

在中国文学作品走向世界的过程中，“中国图书对外推广计划”功不可没，它让优秀文学作品输出变得更加高效和高质。这一计划起源于2004年，当年3月中国作为主宾国参加了第24届法国图书沙龙。由国务院新闻办公室提供资助，法国出版机构翻译出版的70种法文版中国图书，在沙龙上展出并销售，受到法国公众的热烈欢迎。这是法国出版机构首次大规模地翻译出版中国图书，并进入主流销售渠道销售。资助活动表明了中国政府以图书为媒介向世界介绍中国的积极态度，拓宽了外国了解中国的渠道。基于上述资助模式的成功，2004年下半年国务院新闻办公室与新闻出版总署在此基础上启动了“中国图书对外推广计划”。2005年，中国与英国、法国、日本、美国、澳大利亚、新加坡等国的10余家出版机构签署了多种协议，其中一些图书已经陆续出版发行。2006年1月，国务院新闻办公室与新闻出版总署在京联合成立了“中国图书对外推广计划”工作小组。工作小组实行议事办事合一的工作机制，办公室设在中国图书进出口总公司。中国国内出版机构在国际出版、营销、发行等方面与世界众多国家的出版机构建立了合作关系，其中包括圣智、企鹅兰登、剑桥大学出版社等全球出版业巨头。

第三，文学刊物外文版助推中国文学扬帆远航。2011年，中国当代知名文学刊物《人民文学》创办了英文版《路灯》，反响热烈，在此基础上，又陆续出版并筹划推出了法文、意大利文、德文、俄文、日文、西班牙文等语种的版本，得到了世界各国读者、专家的好评。《人民文学》外文版每期策划选题，围绕主题选择中国当代文学代表性作家的作品，同时兼顾国外读者的阅读期待。在翻译方面，刊物邀请外国母语译者翻译，以适应国外读者的阅读口味。刊物通过与国外出版社、高校、孔子学院的合作，进行推介，扩大了中国当代文学的影响力。文学刊物外文版的发行也极大配合了近年来中国“一带一路”倡议的实施，中国文化、文学正乘着东风，以更加崭新的面貌与更具时代特征的方式走进“一带一路”沿线国家人民的视野，针对沿线国家不同读者的多样化阅读需求，鼓励刊物多语种出版，选择了一批具有较高阅读价值，思想性、知识性、科学性和艺术性相统一的出版物，坚持优中选优，在翻译上重点经营，打造知名品牌。中国作家代表团于2017年10月首次访问埃及，与埃及著名文学杂志《文学消息》主要负责人和作家代表进行交流，并带来了由《人民文学》杂志社编辑出版的阿拉伯语版《灯塔》杂志，这是中国文学“走出去”的一项成果。该杂志阿拉伯语版是由中阿两国出版商和作家代表共同商定推出的刊物，从全国各地文学刊物上选择最能代表当代中国文学水平、反映中国现实、讲好中国故事的作品推荐给阿拉伯朋友。①《人民文学》杂志阿拉伯文版总监艾哈迈德·赛义德说：“《人民文学》阿文版在埃及发行后，埃及整个国家都在谈中国文学，大家对莫言、迟子建、刘震云、吉狄马加等中国作家的作品很感兴趣，他们向阿拉伯世界讲述中国故事。我们只是提供给阿拉伯读者作品，让他们自己去了解。‘一带一路’倡议受到阿拉伯政府和人民的关注和欢迎。我们向阿拉伯世界翻译出版了上千册中国图书，其中包括中国文学作品。通过这些图书的翻译和介绍，阿拉伯语读者开始意识到，世界上有一种模式叫中国道路，它和西方国家不一样，这很重要。”②

“80后”作家张悦然说，意大利有两家出版社看到《人民文学》意大利文版上刊登的她的小说后找到她，如今她已经跟这两家出版社签订了出版合同。这说明，《人民文学》外文版对外推广中国文学和中国作家确实是大有成效的。

第四，国内知名文学类出版社积极参与中国文学海外传播。人民文学出版社开展了与意大利、西班牙等国家和地区的合作，以情感、饮食、动物等为主题，将中国作家的作品译成西班牙语、意大利语等。此外，人民文学出版社还通过数字出版、多媒体融合方式推介中国作家的作品，制作以外国人视角采访中国作家的视频，覆盖面之广前所未有。五洲传播出版

① 于杰．中国作家代表团首次访问埃及．光明日报，2017-10-14.

② 杨鸥．中国文学国际影响力提升．人民日报（海外版），2017-05-03.

社 2011 年启动了中国当代文学西语推广项目，第一批推出 30 位中国作家的作品。改革开放以来，中国作家受拉美文学影响很大，而中国作家在拉美的影响甚微，这其中包括语言问题、传播渠道问题、文化差异问题等。五洲传播出版社推出这个项目伊始，进展困难，当时中国与拉美国家的文化交流还不多，缺乏相关渠道，中国作家也不感兴趣，认为自己的作品在国内有很大发行量，不愿“走出去”。对此，出版社做了艰苦的工作，中国文学在拉美的影响力越来越大。中国文坛与拉美的交流尤其高层互访越来越多。

通过上述工作的持续推进，中国文学“走出去”的底气更足了，步子更大了，效果更明显了。

2. 中国文学国际影响力不断增强的重要表现

改革开放以后，中国文学国际影响力不断增强的重要表现之一是中国作家作品的名字在世界范围内叫响了、传开了。作家恐怕最敏感于这种变化，因为中国文学“走出去”不仅是中国文学界的集体性行为，也与每一位中国作家的知名度、美誉度息息相关。比如，上海作家协会副主席赵丽宏就以自己的亲身经历见证着中国文学影响力的扩大：

> 随着中国经济的快速崛起，中国的文化也正在被世界重视，中国的文学也以前所未有的姿态引起世界的关注。最近这五年，我有机会多次参加国际书展。作为一个中国作家，在带着自己的新书参与国际书展，并和国外的文学界和出版界人士交流时，我有一个强烈的感受，中国的文学再也不是与世隔绝，而是实实在在地和世界产生了千丝万缕的交流和交融。
>
> 有些情景，让我终生无法忘记。
>
> 那是 2013 年秋天，在贝尔格莱德国际书展人潮汹涌的大厅，我被人群簇拥着漫步在争奇斗艳的书柜之间，竟有点惶然失措，不知看什么书才好。那些用我不认识的文字印成的书籍，对我来说好比天书。而在这个国际书展上，也有我的一本小书要首发，这是一本被翻译成塞尔维亚文的诗集《天上的船》。

我跟着这本诗集的译者、塞尔维亚著名诗人德拉根先生，穿行在书海和人流中。要在茫茫书海中找到为我举办首发式的场地，不是一件容易的事。走过一排书柜时，我似乎听到一个女人的声音传来：“Mr. Zhao! Mr. Zhao!”这声音细微而清晰，仿佛是来自很深的地底下。“Mr. Zhao”，难道是在和我打招呼？周围并没有熟悉的人。那声音不停地从底下传来，竟然还喊出了我的名字。我循声低头看去，不禁吃了一惊。在一个书柜下面，有一位佝偻成一团的女士，坐在一辆贴地而行的扁平轮椅上，正仰面和我打招呼呢。这是一位高位截肢的残疾妇女，她没有双腿，小小的躯干、大大的脑袋、一双挥动的手。她看我注意到她，咧开嘴笑了笑，随后说出一连串我听不懂的语言。她在对我说些什么？站在我身边的德拉根先生却跟着这位女士一起激动起来。他告诉我：“这是一位诗歌爱好者，她从国家电视台的新闻节目中看到你，她祝贺你在斯梅德雷沃获得金钥匙国际诗歌奖呢。她说，她听到你用中文朗诵诗歌了，很动人。她很高兴是一个中国诗人获得这个奖，她全家人都为此高兴。”

德拉根为我翻译时，她还在继续说着。德拉根俯身问了她几句，抬头对我说：“她说，她正在读你的诗呢。”只见她从轮椅边挂着的一个小包中拿出一本书，蓝色的封面上，海浪汹涌，白云飞扬，这正是我在这里刚刚出版的诗集《天上的船》。我俯下身子，在诗集的扉页上为她签名题字。看着这些她并不认识的汉字，她的脸上露出了满足的微笑。

作为一个中国作家，能在异国他乡有这样的经历，我深感欣慰。

去年，人民文学出版社出版了我的诗集《疼痛》，这是我的新作，出版还不到一年，已经有好几种外文译本。纽约寄来了英译本，贝尔格莱德寄来了塞尔维亚文译本，索菲亚寄来了保加利亚文译本。阿根廷和古巴即将出版西班牙文译本，法语和阿拉伯语的译本也正在进行中。这是出乎我意料的事情。如果时光倒退30年，这样的景象，犹如天方夜谭。①

① 赵丽宏. 我听见了中国文学走向世界的脚步声. 光明日报，2017-10-15.

赵丽宏的经历不是个案，而是代表了相当一部分中国作家的共同境况。这个事例充分表明，在改革开放40年的历史进程中，中国作家已经大步走向世界文坛，他们的名字和作品获得了世界各国读者的关注和喜爱，文学作品传播的地域范围不断扩大。

中国文学国际影响力不断增强的另外一个重要表现是，在各种重量级国际文学大奖的角逐中屡屡出现中国作家的身影，且多有斩获。比如，1982年巴金获得了意大利但丁国际奖，1987年王蒙获得了意大利蒙德洛国际文学奖特别奖，1989年张洁获意大利马拉帕蒂国际文学奖，1992年阿城获意大利诺尼诺国际文学奖，1998年余华获意大利格林扎内·卡佛外国小说奖，2003年迟子建获澳大利亚詹姆斯·乔伊斯基金会悬念句子文学奖，2011年王安忆和苏童入围英国布克国际文学奖，2012年莫言被授予诺贝尔文学奖，2015年刘慈欣获世界科幻文坛最高荣誉雨果奖的最佳长篇小说奖，2016年郝景芳凭借《北京折叠》获得雨果奖最佳中短篇小说奖，2016年曹文轩获得国际安徒生奖……我们虽不能完全以国际上尤其是西方的文学奖项来裁定中国文学作品的价值，但是中国作家屡屡斩获国际奖项这一事实至少证明中国作家、中国文学“走出去”取得了实效，中国作家的知名度、影响力在世界范围内不断扩大；证明世界对中国改革开放40年文学发展予以高度关注与充分肯定，中国文学作品的价值已经在世界范围内得到认可。

改革开放以来，中国作家不再敝帚自珍，而是积极走出国门，与世界各国热爱文学的人民共同分享自己的精神食粮与艺术成果。中国文学国际影响力增强体现了国家和平崛起、文化软实力不断提升的不争事实，体现了中国文艺工作者文化自信的不断增强。党的十八大以来，中国文化、文学“走出去”的力度持续加大。《中共中央关于全面深化改革若干重大问题的决定》强调：“提高文化开放水平。坚持政府主导、企业主体、市场运作、社会参与，扩大对外文化交流，加强国际传播能力和对外话语体系建设，推动中华文化走向世界。”2016年11月，中央全面深化改革领导小组审议通过《关于进一步加强和改进中华文化走出去工作的指导意见》，强调要拓展渠道平台，创新方法手段，增强中华文化亲和力、感染力、吸引力、竞争力，提高文化软实力。《我们诞生在中国》《长城》等合拍电影借水行船，带着中国故事、中国形象、中华文化走向国际市场。中央民族乐团排演的《又见国乐》，在中国国家大剧院、美国华盛顿肯尼迪艺术中心、纽约林肯艺术中心演出，获得世界人民的共鸣。未来中国文艺、中国文化走向世界的步伐必将不断加快，不仅将在作品传播数量上再上新台阶，并且在作品传播质量上也应精益求精，将最能代表中国文学发展水平、最能展示中华优秀文化的作品呈现在世界舞台上。

第五章　改革开放 40 年文学发展的回顾与展望

一、回顾与总结：改革开放 40 年文学发展的经验与反思

改革开放基本国策的实施使得中国文学事业迎来了千载难逢的发展机遇，新时期以来文学的发展繁荣是改革开放 40 年伟大成就的有力见证。改革开放 40 年中国文学走过了一条既有鲜明的阶段性特征，又循序渐进、一脉相承的宽广道路。总的来说，这条道路可以分为几个阶段。第一，新时期的良好开局。“文革”结束后，文学界敢于拨乱反正，勇于解放思想，在党的十一届三中全会精神的指引下，新时期文学事业不断探索创新，坚持对外开放，打造了百废俱兴、万象更新的文学黄金时代，为改革开放 40 年文学发展奠定了坚实基础。第二，后新时期的稳步推进。在中国特色社会主义市场经济条件下，文学事业面临着迫切的转型要求和巨大的发展机遇，广大文艺工作者将压力转化为发展动力，在改革大潮中继续前行。文学工作者在新的历史条件下积极投身文化体制改革，勇于探索中国特色社会主义文学的道路，作家物质生活水平不断改善，社会地位不断提升。文学产品数量剧增，精英文学与大众文学齐头并进，人民群众多样化、多层

次的精神文化需求日益得到满足。第三，新世纪的传承创新。在新旧世纪交替的语境中，广大文艺工作者深入探寻21世纪中国文学发展的新道路，各种文学类型推陈出新，尤其是网络文学获得飞跃性发展，文艺作品的经济效益愈发显现。第四，新时代的继续前行。十八大以来，党和国家出台了一系列重要文件，表现出对文学事业的高度重视及对文艺工作者的殷切期望。在习近平新时代中国特色社会主义思想的指引下，文学发展获得新动能，展现新面貌，迈上新台阶，取得新成就。

改革开放40年来，中国文学取得了巨大成就，有许多优秀经验值得总结。

第一，党和国家的文艺方针政策与时俱进，为文学发展提供了坚实的政治保障。历届党和国家领导人利用文代会、作代会、座谈会等形式表明党和国家对文艺事业的重视。我们党在改革开放的新的历史条件下，结合不同时期的社会中心任务与主要矛盾，审时度势，从顶层设计的角度提出了许多有益于文学健康快速发展的方针政策，为文艺事业发展提供了基本遵循和方向指引。

第二，深化文化体制改革，为文学发展提供了有力的制度保障。改革开放40年文学的大力发展受惠于各项改革事业尤其是文化体制改革的全面推进和不断深化。文化体制改革既严格规范了与文化事业相关的各级单位及从业者的基本行为，也极大激发了文学创作、评论、出版、发行等各个环节的活力，使得文学事业发展在社会主义市场经济条件下焕发出新的生机与活力，使得文学不但在社会效益方面贡献卓著，也创造了非常可观的经济效益。

第三，对外开放步伐不断扩大。一方面，学习引进外国文学发展的宝贵经验及最新成果，促进中外文学、文化、思想的交流互鉴、融会贯通，有力地刺激了中国文学界的思想解放和开拓创新，为中国文学事业发展提供了外部推力。另一方面，中国文学"走出去"的步子越迈越大，文学作品远渡重洋，畅销海外，作家屡屡斩获国际大奖，中国声音和中国故事越来越有吸引力，获得越来越多国家和地区读者的青睐，中国文学的国际影响力和美誉度不断提升。

第四，人才建设硕果累累，作家队伍不断壮大。改革开放以来，党和国家实施了积极的知识分子政策，注意团结、引领知识分子，作家作为其中的重要分支也得到了应有的培养和尊重。作家的文化层次、知识水平、道德修养、视域眼界不断迈上新台阶。作家队伍空前团结，不同年龄、不同类型、不同编制的作家共同参与到中国特色社会主义文学事业的建设之中，参与到中国故事的讲述和书写当中，用手中的笔绘就了改革开放40年发展的壮丽图景。

总的来说，改革开放以来，我国文学事业发展迎来了新的春天，文学发展的总体方向是坚定正确的，文学发展的总体基调是昂扬向上的，文学发展的总体道路是宽广顺畅的，产生了大量脍炙人口的优秀作品。但是，也不能否认，在文艺创作方面，还存在一些问题。习近平总书记在文艺工作座谈会上的讲话中，对这些问题进行了逐一揭示和分析。习近平总书记在中国文联第十次全国代表大会、中国作协第九次全国代表大会开幕式上的重要讲话中强调，文艺工作者要“把握时代脉搏，承担时代使命，聆听时代声音，勇于回答时代课题”。问题是时代的声音。面对问题，我们不能视而不见、听之任之，而是要以历史使命感和责任担当站在新时代中国特色社会主义文学事业发展的潮头，努力查找问题源头，勇于面对、仔细分析直至最终解决问题，以问题倒逼和促进文学事业实现全面、健康、长足发展。

二、现状与展望：新时代中国特色社会主义文学的实践与愿景

党的十九大报告强调了文化自信的重要性：“文化是一个国家、一个民族的灵魂。文化兴国运兴，文化强民族强。没有高度的文化自信，没有文化的繁荣兴盛，就没有中华民族伟大复兴。要坚持中国特色社会主义文化发展道路，激发全民族文化创新创造活力，建设社会主义文化强国。”报告还谈到中国特色社会主义文化源自中华民族5 000多年文明历史所孕

育的中华优秀传统文化，熔铸于党领导人民在革命、建设、改革中创造的革命文化和社会主义先进文化，植根于中国特色社会主义伟大实践。发展中国特色社会主义文化，就是以马克思主义为指导，坚守中华文化立场，立足当代中国现实，结合当今时代条件，发展面向现代化、面向世界、面向未来的，民族的、科学的、大众的社会主义文化，推动社会主义精神文明和物质文明协调发展。要坚持为人民服务、为社会主义服务，坚持百花齐放、百家争鸣，坚持创造性转化、创新性发展，不断铸就中华文化新辉煌。

“等闲识得东风面，万紫千红总是春。”文学事业作为中国特色社会主义文化的重要组成部分，在新时代新征程中具有十分重要的意义，大力繁荣发展新时代中国特色社会主义文学，具体来说要在以下几个方面更加努力：

第一，加强和改进党对文艺工作的领导。党的领导是社会主义文艺发展的根本保证，意识形态决定文化前进方向和发展道路。要加强理论武装，增强阵地意识，深化马克思主义文艺理论研究和建设，推动新时代中国特色社会主义思想深入文艺工作的方方面面。高度重视传播手段建设和创新，提高传统文学传播力、引导力、影响力、公信力。加强互联网文学规章制度建设，建立网络文学综合治理体系，营造风清气正的网络文学空间。落实意识形态工作责任制，注意区分政治原则问题、思想认识问题、学术观点问题，旗帜鲜明地反对和抵制文艺界出现的各种错误观点。

第二，用社会主义核心价值观统领文学事业发展。社会主义核心价值观是当代中国精神的集中体现，是当前我国社会价值观的“最大公约数”，凝结着全体人民共同的价值追求。广大文艺工作者要高扬社会主义核心价值观的旗帜，以更强的责任感、使命感，把社会主义核心价值观生动活泼、活灵活现地体现在文艺创作之中。要以培养担当民族复兴大任的时代新人为着眼点，强化教育引导、实践养成、制度保障，发挥社会主义核心价值观对文学创作生产传播的引领作用，把社会主义核心价值观融入文学作品，用强大的正能量去赢得读者的情感认同和思想共鸣。深入挖掘中华优秀传统文艺蕴含的思想观念、人文精神、道德规范，结合时代要求继承创新，让中华优秀传统文化展现出永久魅力和时代风采。

第三，中国特色社会主义文学发展要以人民为中心。要想满足人民日益增长的美好生活需要，就必须大力丰富人民群众的精神文化生活，供给丰富而优质的文学产品。社会主义文艺是人民的文艺，必须坚持以人民为中心的创作导向，在深入生活、扎根人民中进行无愧于时代的文艺创造。以人民为中心，就是要把满足人民精神文化需求作为文艺和文艺工作的出发点和落脚点，在情感上、行动上真正和人民相通，把人民作为文艺表现的主体，把人民作为文艺审美的鉴赏家和评判者，把为人民服务作为文艺工作者的天职。人民既是历史的创造者、也是历史的见证者，既是历史的“剧中人”、也是历史的“剧作者”。文艺要反映好人民心声，就要坚持为人民服务、为社会主义服务这个根本方向。这是党对文艺战线提出的一项基本要求，也是决定我国文艺事业前途命运的关键。只有牢固树立马克思主义文艺观，真正做到了以人民为中心，文艺才能发挥最大正能量。

第四，树立精品意识，勇攀文学高峰。我们处在一个文学作品数量极大丰富的时代，但是文学大国不等于文学强国，作品数量的增长不直接带来质量的跃升。衡量一个时代的文艺成就最终要看作品的质量。推动文艺繁荣发展，最根本的是要创作生产出无愧于我们这个伟大民族、伟大时代的优秀作品。繁荣文艺创作，就要弘扬主旋律，突出正能量，坚持思想性与艺术性、历史性与时代性的统一。坚持思想精深、艺术精湛、制作精良相统一，加强现实题材创作，不断推出讴歌党、讴歌祖国、讴歌人民、讴歌英雄的精品力作。

第五，坚持社会效益与经济效益相结合。在发展社会主义市场经济的条件下，许多文学作品要通过市场展现其商品属性，作家、出版社等要谋生存，当然要充分考量经济效益，而且经济效益的实现也是作品广泛传播并获得社会大众认可的一种表现。然而，同文学作品所创造的社会效益相比，经济效益永远是第二位的，当两个效益、两种价值发生矛盾时，经济效益必须服从社会效益，市场价值必须服从社会价值。孟子曰：“先立乎其大者，则其小者不能夺也。”① 对有伟大理想抱负的作家而言，作品的社会效益是“大”，经济效益是“小”。作家要树立正确的义利观，文艺创作要力戒浮躁、功利、拜金之风，不能仅仅追逐市场、依附市场，而要引领市场、改变市场、征服市场，将精品力作推向市场，奉献给人民，努力实现文学产品社会效益与经济效益的统一。

第六，加强文学工作者队伍建设。人能尽其才则百事兴，繁荣文艺创作、推动文艺创新，必须努力造就一大批德艺双馨的高水平创作人才，建设一支数量可观、质量过硬的作家人才队伍。文学是给人以价值引导、精神引领、审美启迪的，作家自身的思想水平、业务水平、道德水平是根本。要充分发扬学术民主、艺术民主，提升文艺原创力，推动文艺创新。倡导文艺工作者讲品位、讲格调、讲责任，抵制低俗、庸俗、媚俗。加强队伍建设，才会使文学发展动力不竭、生生不息，才会使文学事业薪火相传、后继有人。

第七，继续深化文化体制改革，健全法律法规，推动文化产业全面健康发展。《中共中央关于全面深化改革若干重大问题的决定》要求，不断完善文化管理体制，建立健全现代文化市场体系，构建现代公共文化服务体系。我们正在经历着从传统文学向多媒体、多类型文学的转轨，在这一过程中会出现许多新的问题，这就需要与时俱进，通过更加健全完善的法律法规来规范和引导新时代、新形势下的文学发展。此外，文化产业在新时代拥有更大的发展前景，包括文学在内的文化产业要想在中国特色社会主义市场经济条件下不断壮大，必须勇于创新、勇立潮头，加快构建把社会效益放在首位、社会效益和经济效益相统一的文化体制机制，在各个方面不断深化改革，在相关法律法规的框架下稳步推进，让文学发展的相关成果惠及新时代中国特色社会主义建设以及全体人民。

第八，继续加大对外开放步伐，增强人类命运共同体意识。40年的文学发展已经深深受益于对外开放政策的实施，接下来开放的步伐不但不能停止，而且要迈得更大一些。一方面，要推进中国文学“走出去”更上新

---

① 杨伯峻. 孟子译注（简体字版）. 北京：中华书局，2008：208.

台阶，通过策划书系、组织翻译、海外发行等手段，使更多的优秀作品赢得全世界各地区、各民族读者的共鸣，使得中国优秀文学作品成为名副其实的世界经典文学的重要组成部分；另一方面，继续以海纳百川的开放姿态，积极借鉴世界各国文学发展的成功经验，引进外国优秀文学成果，吸收外来文化的精髓，助力中国文学、文化事业长足发展。

结　语

“苟日新，日日新，又日新。”“改革开放只有进行时没有完成时。没有改革开放，就没有中国的今天，也就没有中国的明天。”① 改革开放 40 年来，中国文学在创新发展中取得了长足进步和巨大成就，展现出一派崭新景象，受到世人瞩目。改革，使中国文学在思想解放、艺术创新的过程中真正获得了机遇，展现出活力，广大文学工作者的主观能动性和艺术创造力得到最大程度的释放，文坛呈现出百花齐放、百家争鸣的景象，文学创作实现了社会效益与经济效益的有机结合。开放，使中国文学站上了世界舞台，使得广大文学工作者拥有了全球意识、世界视野与国际格局，世界各族人民的命运通过文学、文化的纽带紧紧地连在了一起，文学与文化层面的人类命运共同体意识在中国人民心中不断增强。广大文学工作者通过各种形式努力讲好中国故事，向中国人民和世界人民展现出一个真实、全面、立体、生动的中国，展现出一个和平发展、活力无限的大国形象。40 年来的文学发展，实现了中华传统文化传承创新及创造性转化，为中国本土文化与世界先进文化的交流互鉴提供了千载难逢的机遇，为广大人民群众文化自信的不断增强提供了丰厚的精神资源，为全面提高国家文化软实力做出了巨大贡献。

---

① 习近平. 习近平谈治国理政. 北京：外文出版社，2014：69.

长风破浪会有时，直挂云帆济沧海。文脉传承，任重道远，永无止境；文学事业，功在当代，利在千秋。在中国特色社会主义进入新时代以后，在实现“两个一百年”奋斗目标、实现中华民族伟大复兴中国梦的伟大征程上，中国特色社会主义文学事业在习近平新时代中国特色社会主义思想的指引下必将大放异彩，阔步走上新的征程，迎来新的收获，铸就新的高峰。

后　记

改革开放是当代中国发展进步的必由之路，是实现中国梦的必由之路。2018 年是中国改革开放 40 周年。生动展现改革开放 40 年的光辉历程，深刻总结宝贵经验，是思想宣传工作的热点，也是理论研究的重点。为此，我撰写了《文学发展新气象》一书，作为"'改革开放与新时代'研究丛书"之一，该书是教育部高等学校社会科学发展研究中心 2017 年度中央级公益性科研院所基本科研业务费专项资金资助项目"文学发展新气象"课题的最终成果。

由于水平所限，书中难免存在不足之处，敬请读者批评指正。

李彦姝

2018 年 6 月

图书在版编目（CIP）数据

文学发展新气象/李彦姝著. —北京：中国人民大学出版社，2019.1
“改革开放与新时代”研究丛书
ISBN 978-7-300-26448-6

Ⅰ.①文… Ⅱ.①李… Ⅲ.①中国文学-当代文学-文学史研究 Ⅳ.①I209.7

中国版本图书馆 CIP 数据核字（2018）第 263799 号

“改革开放与新时代”研究丛书
文学发展新气象
李彦姝 著

出版发行	中国人民大学出版社		
社　　址	北京中关村大街 31 号	**邮政编码**	100080
电　　话	010－62511242（总编室）		010－62511770（质管部）
	010－82501766（邮购部）		010－62514148（门市部）
	010－62515195（发行公司）		010－62515275（盗版举报）
网　　址	http://www.crup.com.cn		
	http://www.ttrnet.com（人大教研网）		
经　　销	新华书店		
印　　刷	天津中印联印务有限公司		
规　　格	165 mm×230 mm　16 开本	**版　　次**	2019 年 1 月第 1 版
印　　张	9.5 插页 1	**印　　次**	2019 年 1 月第 1 次印刷
字　　数	138 000	**定　　价**	48.00 元

版权所有　侵权必究　　印装差错　负责调换